Voyage au Bizarristan

Colin Epely, Lionel Epely, Maximin Epely,
Timothée Epely, Catherine Fiastre, Julie Fiastre,
Pierre Fiastre, Madeleine Manchec,
Jean Manchec, Claire Pellat

Voyage au Bizarristan

Roman collectif

© 2021 Éditions de l'Ornithorynque

Saint-Côme
Impression : Books on Demand, Norderstedt, Allemagne
Illustration de couverture : Pierre Fiastre

Sommaire

Augustin Boissière pendant la campagne d'Égypte

1. Annabelle Boissière

Annabelle Boissière n'avait que quelques mois lorsqu'elle perdit son père le général Augustin Boissière connu pour avoir participé à la campagne d'Égypte en 1798 aux côtés de Bonaparte.

Hélas ! Cette notoriété n'empêcha pas le général d'être emporté par l'épidémie de choléra qui ravagea la ville de Paris en 1832.

C'est en 1830 qu'Augustin, alors âgé de 50 ans, avait épousé Marguerite de Castillon de trente ans sa cadette. Marguerite appartenait à la petite noblesse de Provence. Son oncle Antoine avait fait partie de l'expédition en Égypte en tant que scientifique et s'était lié avec Augustin. C'est lui qui rapprocha sa nièce Marguerite de son ami.

C'est dans la bastide familiale qu'Annabelle naquit le premier janvier 1832. Bien entendu, elle reçut Antoine pour parrain qui devint son tuteur à la mort d'Augustin.

L'enfant devint une petite fille épanouie dont la vivacité, la curiosité, l'intelligence fertile ravissaient sa mère. Annabelle bénéficiait grâce à Antoine d'une éducation différente de celle des autres jeunes filles. Antoine était non seulement un véritable savant, mais aussi un pédagogue inégalable. Il lui enseigna le doute, forgea son sens de l'observation et aiguisa l'esprit critique d'Annabelle, il lui apprit à être libre tout simplement. Il la fit rêver de voyages et de découvertes en évoquant l'empire d'Annam et un bref séjour au Bizarristan.

La population de cette contrée est robuste et jouit d'une longévité qu'Antoine supposait liée à ce qu'il appela « méthodes de prévention », mais qu'il n'avait pas réussi à mettre en lumière.

De sa mère, elle hérita de talents artistiques qu'elle enrichit par le travail et la persévérance.

Annabelle avait 22 ans quand une nouvelle épidémie de choléra sévit en Provence et emporta sa chère mère et son tuteur.

Annabelle, frappée deux fois par le même fléau, devenue complètement orpheline se jura alors de se consacrer à la recherche épidémiologique et se promit de partir pour le Bizarristan pour y poursuivre les recherches d'Antoine dès qu'elle aurait réglé les affaires de famille.

Elle partit en 1874.

2. Georges Dupont

Georges alias Dupont était né en 1832 à Paris. Sa mère faisait partie de la noblesse et possédait une grande fortune. Son père travaillait au muséum d'histoire naturelle. Il avait été archéologue, et avait même brièvement participé à la campagne d'Égypte auprès de Napoléon dans sa jeunesse. Il s'était ensuite surtout intéressé au domaine de la minéralogie. Georges, ayant une grande relation avec son père, se façonna une passion et un destin dans ce domaine. Il élargit son champ de vision et devint spécialiste dans les domaines des météorites, de la kryptonite, de l'énergie noire, des ondes mélanotemporelles et de bien d'autres disciplines encore. Il écrivit des théories sur des phénomènes scientifiques qui restent aujourd'hui inconnus liés à ces mystères de l'univers… Georges Dupont était un érudit.

En 1844, alors que Georges avait 22 ans, un grave événement changea sa vie : son père mourut assassiné par un individu qui voulait lui dérober sa montre. Il en éprouva un si grand chagrin qu'il décida de s'engager dans la police pour le venger.

En 1860, il quitta la police et rejoignit les services secrets, plus exactement l'ADECE (agence de documentation extérieure et de contrespionnage) dans laquelle ses deux passions pouvaient s'épanouir, car celle-ci cache beaucoup de mystères…

Nous sommes en 1874, À Paris. Georges Dupont vient à peine de rentrer chez lui dans sa maison familiale, après une dure journée de labeur. Comme il en a l'habitude, il allume sa pipe et s'asseoit dans son fauteuil avant de prendre un bon livre dans sa grande bibliothèque qui contient des ouvrages uniques au monde, avec des reliures en cuir magnifiques, mais surtout des livres dont les thèmes sont très variés : *Structure cristalline de la kryptonite, L'univers est-il infini ?, Mammouths et bestioles, Voyages dans le temps, Géographie insolite…* Il a aussi une manie de tout ranger, rien ne traîne jamais par terre, tous les livres sont alignés sur une étagère selon une organisation très stricte. Quand soudain, il remarque qu'une lettre est posée sur la table avec des indications. Il doit la transmettre à un certain François Dunavirre au Bizzaristan. Georges Dupont est curieux, curieux de voir ce pays dont il n'a jamais entendu parler, curieux de savoir quelle est sa mission sur laquelle il n'a eu que peu d'informations, mais pressé de partir pour une nouvelle aventure…

3. Véra Smyrnova

Véra jeta un dernier coup d'œil à son salon avant de fermer la porte. Pour combien de temps ? Cette désagréable sensation qu'on oublie quelque chose sans l'identifier : un passage obligatoire pour qui n'est pas un habitué des départs. Et à 32 ans, Véra s'apprêtait à quitter Paris pour la première fois. Pour une personne qui faisait commerce d'occulte sur un fond d'exotisme, sa véritable vie était assez routinière, et ce voyage allait l'extraire de ce confort casanier. Une voyante qui n'avait pas prévu son propre départ, et qui n'avait aucune vision des dangers auxquels elle allait être confrontée !

Le bruit de ses bottines sur les marches d'escalier était doux, un frottement sur le feutre du tapis, mais son cœur s'emballait, un concert de percussion. Plus rien n'était calme en elle depuis cette séance le mercredi précédent. Elle confia sa clé à sa logeuse, et sortit prendre le fiacre qui l'attendait. Véra Smyrnova, née Marguerite Huchard, n'avait personne à prévenir de son départ.

La voiture qui l'emmenait vers la gare prit la rue de Sèvres. Les charrettes roulaient, les livreurs livraient, et les mendiants mendiaient. Par la petite fenêtre, Véra regardait cette agitation familière sans la voir. Hantée par son souvenir du mercredi précédent, elle ressentait à nouveau ce souffle brûlant sous sa poitrine, cette trouée grésillante qui l'avait traversée. Mme Hussenot et M. Dugendre étaient des habitués de son cercle de spiritisme, mais ils avaient amené avec eux cette petite femme au regard si triste. Elle voulait parler à son fils disparu. Ses lettres enthousiastes lui étaient parvenues les premières semaines de son séjour au Bizarristan, mais après trois semaines sans nouvelle, le compagnon de voyage de son fils avait fini par écrire. Il rentrait seul, Armand était mort.

Elle voulait lui parler, disait-elle, juste lui parler. Pas le ramener, non ça, elle était bel et bien en deuil, avec ses yeux perdus et ses gestes lourds. Véra avait fait comme d'habitude : l'accueil à travers plusieurs strates de tentures épaisses, la lumière basse, la position autour de la table, les mains en ronde, pouce par-dessus paume. Elle avait ensuite eu sa prétendue migraine subite, un classique qu'elle n'avait pourtant jamais utilisé avec Mme Hussenot, elle gardait des registres précis de ses tactiques : bien entendu, elle tenait absolument à maintenir la séance pour aider cette malheureuse dame malgré les propositions polies de ses clients de reporter. Il y avait ensuite eu ce moment d'attente de leur part à tous, et les incantations en charabia de langues mélangées, les roulements d'yeux, la tête qui bascule en arrière. C'est là qu'elle avait senti ce feu au ventre. Brutalement chaud, mais sans douleur, la surprise l'avait sortie de sa torpeur de carnaval. Elle ne trouva dans le regard de ses clients qu'une lueur d'excitation, ils attendaient avidement qu'elle leur décrive la connexion qu'elle avait pu établir avec le défunt. Puis son regard se posa sur la boule de cristal au centre de la table. Elle brillait d'une phosphorescence orangée : une image y flottait, celle d'une falaise immense en pierre ocre et trouée de petites fenêtres troglodytes. Jamais elle n'avait vu quoi que ce soit dans cette sphère de verre, achetée dans un bazar de la porte Saint-Martin. Elle avait beau prendre des airs inspirés et faire onduler ses longs doigts autour, c'était la première fois qu'elle n'inventait pas ce qui y apparaissait.

La voiture s'arrêta et Véra revint au présent. Elle voulait voir ces falaises de ses yeux, et ce n'était qu'en se rendant au Bizarristan qu'elle pourrait comprendre ce qu'il lui était arrivé. Le train partait à midi, il était temps de se rendre sur le quai. L'employé des chemins de fer qui lui demanda son billet s'était redressé à l'approche de ce profil de biche, fin et régulier. L'œil allongé aux cils sombres le fit se rengorger, comme si la vue de cette jeune femme lui adressait un compliment personnel. Elle se tourna face à lui en renvoyant les longues boucles brunes de ses cheveux vers l'arrière et dégageant son visage. L'employé fut saisi et n'osa presque plus bouger. Véra lui montrait maintenant aussi son autre œil, démesurément agrandi, son sourcil en chevron pointu, et sa pommette osseuse. Ce côté droit, déformé et interrogateur, n'avait rien à voir avec son côté gauche, doux et gracieux. Deux visages en une seule personne. Véra récupéra ses documents de voyage et s'éloigna dans la fumée du train à quai, laissant l'employé interdit. Elle avait l'habitude de ne pas passer inaperçue.

La boule de cristal

4. Timothée Balivet

Timothée Balivet est né le 29 février 1844 à Troyes.

Après des études universitaires à La Sorbonne à Paris, couronnées par un doctorat, il décida de se consacrer au journalisme. Ses parents, riches industriels à la tête d'une florissante usine à papier à Troyes, lui offrirent, le jour de la remise de diplôme, un appareil photographique.

Ses amis disent de lui qu'il est optimiste, joyeux, bon camarade ayant le sens de la fête, mais trop impulsif. Sa spontanéité dans les relations le rend un peu imprudent.

Timothée est grand, mince, ses cheveux sont châtain clair. Il s'habille avec élégance. Il est légèrement myope.

Timothée que ses amis appellent Tim, est reporter depuis quelques années au Petit XIXe, quotidien à fort tirage et à parution nationale. Le directeur de la publication a demandé un volontaire pour enquêter sur la disparition de Son Altesse Sala Machacha, princesse bizarristanaise, héritière du trône du Bizarristan.

L'intérêt de Tim est éveillé par cette énigme. Il a très envie de découvrir ce pays mystérieux dont il n'avait jamais entendu parler. C'est avec enthousiasme qu'il décide d'entreprendre le voyage.

Il part le 1er mars 1874 jour de ses trente ans.

Timothée Balivet à Dauville en 1871

5. Paolo Figg

Paolo Figg, avait 37 ans, les cheveux châtains, les yeux bleus et portait une très jolie moustache qui était soigneusement peignée. Il était serveur dans le café « Léonard de Vinci ». Il habitait à la campagne sur un chemin appelé « Chemin de Saint-Côme » à La Cadière d'Azur. M Figg n'était pas très riche, mais il aimait beaucoup la vie à la campagne. Chaque dimanche, il allait faire une randonnée avec ses amis, parfois il allait à la montagne de sable, parfois à Port d'Alon. Un jour, pendant une randonnée, un de ses amis lui dit :

— Connais-tu le Bizarristan ? Ce pays imaginaire situé dans le nord-est de l'Europe ?

— Oui, bien sûr, mais il n'est pas imaginaire.

— Si… il est imaginaire.

— Mais non, j'irai même, pour te le prouver, en voyage au Bizarristan.

— On parie ?

— OK

Et c'est ainsi que monsieur Paolo Figg (inquiet de ne pas vraiment savoir si ce pays existait vraiment) commença ses préparatifs pour son voyage au Bizarristan.

Paolo Figg

6. Gustave Magousse

Il vérifia une dernière fois le contenu de sa mallette : pièces, foulards, cartes, tous les accessoires nécessaires pour ses tours étaient soigneusement rangés. Il dépoussiéra les initiales dorées qui l'ornaient : « GM ». Elle était à peine abîmée, personne n'aurait soupçonné qu'elle avait déjà traversé trois générations. Marchant sur les traces de son père Gaétan Magousse, et de son grand-père Gontran Magousse, Gustave Magousse allait enfin, lui aussi, découvrir le Bizarristan et les secrets qu'il cachait. Chacun de ses aïeux en était revenu avec un tour incroyable dont personne n'avait jamais percé le mystère. En tant que digne successeur, il lui fallait, lui aussi, trouver un tour nouveau, fabuleux, emblématique, qui le soulèverait vers le succès absolu. Et il en avait bien besoin, vu l'état de sa carrière. Il ignorait totalement si ce tour lui tomberait dessus par magie, où il devait se rendre précisément, mais il devait entreprendre ce voyage. Il n'avait plus rien à perdre, sa réputation étant en sale état. Pas d'épouse ni d'enfant à laisser, rien ne pouvait le retenir. De toute façon, les enfants c'est encombrant, se disait-il régulièrement, bien content de son sort.

L'illusionniste vissa son haut de forme sur ta tête, de manière à cacher ses premiers cheveux blancs. À 45 ans, il était normal d'avoir des cheveux blancs, mais Gustave en avait horreur. Sa moustache, elle, était restée bien noire. Il se sourit à lui-même dans le miroir pour se donner du courage. Ce voyage l'inquiétait autant qu'il l'excitait. C'était l'heure de partir, son train était là.

Gustave Magousse

7. La gare d'Istanbul

La gare d'Istanbul grouillait de monde. Le train n° 16 148 562 était affiché au départ à 00 : 01 précise voie 00UN.

Annabelle Boissière, qui sortait encore une fois bredouille de la pharmacie de la gare, se dépêchait pour attraper son train. Voyant qu'il était déjà 23 : 55, elle se mit à courir et par mégarde bouscula une dame qui fit tomber sa boule de cristal. Par chance, celle-ci était intacte. Annabelle s'excusa et demanda à la dame si elle savait où se trouvait le quai 00UN. La dame lui répondit :

— Quelle coïncidence, je pars moi aussi par le train 16 148 562 ! et je ne sais pas où le trouver !

— Allons nous renseigner au guichet d'information alors. Vite, il ne faut pas trainer ! lui répondit Annabelle.

Il était déjà tard, mais la gare ne désemplissait pas. Le guichet d'information était situé au 3e sous-sol. Il ne fallait donc plus trainer.

Enfin, Annabelle et Véra atteignirent le sous-sol, mais au moment d'arriver au guichet, elles se firent un doubler par un homme, portant un chapeau et des lunettes de soleil. Bizarre, il faisait déjà nuit depuis longtemps ! L'homme s'approcha du préposé au guichet et lui chuchota :

— Je cherche la voie 000UN.

— La voie 00UN, vous voulez dire ?

— Non, la voie 000UN, répondit-il toujours en chuchotant.

— Monsieur, la voie 000UN n'existe pas. Si vous souhaitez prendre le train n° 16148562, il faut vous rendre voie 00UN. Vous la trouverez juste à côté de la voie 007. En revanche, il vous faudra lever la tête.

Puis le guichetier descendit son rideau ! « Non !!! » crièrent en cœur Annabelle et Véra.

L'homme qui avait demandé son renseignement tourna les talons pour regagner le niveau des voies. Dans son empressement, il fit tomber son billet de sa poche. Sa destination était « Bizarristan ». Il s'appelait Georges Dupont.

Annabelle poursuivit : « Rien n'est perdu, je crois que nous allons au même endroit que ce monsieur. Suivons-le ! »

De retour au niveau des quais, elles se retrouvèrent avec l'inconnu voie 007. Il levait désespérément la tête comme le lui avait conseillé le guichetier.

Deux autres personnes étaient dans la même posture, perplexes, le regard tourné vers la grande verrière, qu'ils ne voyaient pourtant pas, cachée par la dense fumée produite par les locomotives. Soudain, l'horloge de la gare sonna les douze coups de minuit. Nos cinq voyageurs regardèrent leur montre, et l'inquiétude apparut sur leurs visages, à l'idée de rater leur train. C'est alors qu'une échelle de corde tomba d'on ne sait où. Annabelle se dit qu'au point où elle en était, il fallait voir d'où l'échelle venait. Peut-être de la voie 00UN ? Elle gravit le premier échelon, et en effet, sur chacun des échelons était gravé voie 00UN. Elle s'exclama : « Bizarristan, nous voilà ! ». Les autres voyageurs, rassurés d'avoir enfin trouvé leur train, la suivirent.

Quelques mètres au-dessus des voies se trouvait un train un peu spécial, composé d'une locomotive volante et de deux wagons, eux aussi flottant dans le vide. Nos cinq voyageurs embarquèrent juste à temps sur ce drôle de train…

La gare d'Istanbul

8. Dans le train

Cela faisait à présent deux heures que le train roulait dans la nuit, et aucun des passagers n'avait réussi à fermer l'œil. Les cinq voyageurs qui avaient embarqué à bord du train avaient investi les cabines à couchettes. La dernière demeurait vide. Dans la première, Annabelle, à demi allongée sur la banquette, tentait d'esquisser au fusain les paysages du Bizarristan qui lui avaient été décrits autrefois avec précision par son parrain. Dans la seconde, Georges Dupont s'était rapidement approprié les lieux, ayant disposé ses livres sur la banquette (il savait déjà que l'excitation l'empêcherait de s'assoupir, autant ne pas perdre son temps). Dans la troisième, Véra Smyrnova parcourait en détail la carte du Bizarristan, identifiant les coins les plus montagneux du pays, qui seraient à explorer en premier. Dans la quatrième couchette, l'appareil photo et la machine à écrire de Timothée Balivet étaient posés sur la tablette. Il commençait déjà à taper son premier article sur son voyage au Bizarristan. Enfin, Paolo Figg occupait la cinquième couchette, et rêvassait à ce qui l'attendait dans ce pays dont il ignorait tout. La dernière couchette semblait inoccupée. Pourtant, six billets de train Istanbul-Bizarristan avaient bien été vendus.

Au bout de deux heures de voyage, le train finit par toucher terre. L'atterrissage fut si délicat qu'aucune secousse ne remua les passagers. Au même moment, chacun ressentit un besoin différent, mais qui les amenait au même point : Annabelle était affamée, Georges souhaitait fumer sa pipe, Véra avait soif, Timothée voulait prendre quelques photos du train et Paolo cherchait simplement les cabinets de toilette.

C'est ainsi que les 5 voyageurs finirent par se retrouver dans la voiture-restaurant. Annabelle et Véra, qui avaient déjà sympathisé à la gare, se retrouvèrent et ressentirent immédiatement une complicité féminine. Paolo, les observant du coin de l'œil, décida d'engager la conversation auprès de ce charmant duo.

— Vous a-t-on déjà dit, mesdames, qu'il est dangereux de sortir la nuit non accompagnée ?

Les filles se moquèrent intérieurement de son ton mielleux, et pensèrent qu'il devait certainement l'emprunter auprès de chaque demoiselle rencontrée. Cependant, elles répondirent très poliment, Annabelle se tournant afin de faire face à son interlocuteur :

— Monsieur, nous nous accompagnons l'une l'autre, n'est-ce pas la meilleure manière de sortir la nuit ?

Le visage de Paolo se décomposa lorsqu'il vit le côté droit de celui de Véra. Il tenta de ne rien laisser paraître. Il continua comme si de rien n'était :

— Paolo Figg, enchanté, dit-il en leur tendant sa main. Qu'est-ce qui vous amène au Bizarristan, mesdames ?

— Annabelle Boissière, orpheline, répondit Annabelle presque sèchement. De père, de mère, et de tuteur. J'ai entendu des histoires incroyables sur le Bizarristan. Je ne pouvais pas rester chez moi à attendre qu'un autre malheur m'arrive.

Véra restait silencieuse. Paolo se tourna vers elle, fixant son œil gauche en tentant de ne pas paraître déconcerté. Elle ne pouvait plus ne pas répondre.

— Je m'appelle Véra Smyrnova. Mon métier m'oblige au secret professionnel, je ne peux donc pas vous expliquer ce qui m'amène au Bizarristan, cher Paolo, étant donné que la raison pour laquelle je fais ce voyage est liée à des clients pour lesquels je travaille. Cependant, je serais ravie de savoir ce qui vous amène vous, monsieur Figg, au Bizarristan.

— Un pari ! Oui, mesdames, tout simplement. Je dois prouver à mes amis que ce pays existe. Si je suis dans ce train, je suis déjà sur la bonne voie…

— Ha ha ha ! s'exclama Timothée dans un coin de la voiture, qui écoutait la conversation. Vous l'avez fait exprès n'est-ce pas ? Train, voie… le jeu de mots ?

— Ma foi, je ferais mieux de dire que oui, je paraîtrai moins idiot ! rit Paolo.

— Je ne me suis pas présenté, Timothée Balivet. Je suis désolé, j'ai écouté votre conversation pendant tout ce temps. Cela ne vous ennuie pas si je me joins à vous ? J'étais en train de boire un verre de ce délicieux jus d'un fruit dont j'ignorais l'existence, le jus de jaricozzz. Puis-je vous en offrir un verre ?

Il s'adressa alors à l'homme en complet-veston qui était resté discret, regardant le paysage désertique défiler dans la nuit sans ciller :

— Monsieur, souhaitez-vous vous joindre à nous ?

Tous acceptèrent volontiers. Le dernier voyageur se sentit obligé de se présenter également, bien qu'il sût qu'il ne devait pas dévoiler les véritables raisons de son voyage.

— Je m'appelle Georges Dupont, président de la société d'import-export DTEDR, je viens pour affaires ! Peut-être un nouveau marché à conquérir, par là-bas... mentit Georges. D'ailleurs, Monsieur Figg, j'espère bien que ce pays existe, puisque nous sommes à bord de ce train ! Sinon, où nous emmènerait-il ?

Ils sirotaient leur jus de jaricozzz en discutant de ce qui pouvait bien les attendre dans ce pays, lorsque le contrôleur fit irruption dans la voiture, sa casquette vissée sur le crâne.

— Billets s'il vous plaît !

Chacun se mit à fouiller dans son veston, le revers de sa jupe, ou encore dans ses bottines. Une fois les billets récupérés, le contrôleur fit signe à tous de s'asseoir, prenant un air grave. Il leva les billets au-dessus de sa tête, et en un claquement de doigts ils se transformèrent en une pluie tiède mouillant à peine sa casquette. Les cinq passagers se dévisagèrent les uns les autres, éberlués. Qui était donc ce contrôleur ? Était-il bizarristanais, ce qui aurait pu justifier d'une attitude plus que singulière ? Un rite local effectué lors de chaque arrivée de

30

visiteurs étrangers ? L'homme finit par saluer, retira sa veste, la fit tourner autour de lui-même à une telle allure que son uniforme de contrôleur se transforma en à peine quelques secondes en un trois-pièces gris souris distingué. Il remit sa veste, épousseta ses épaules.

— Gustave Magousse, pour vous servir.

Les cinq passagers continuaient à le fixer de leurs yeux ronds.

— Ça fait toujours cet effet la première fois.

Fleur de Siaccaca en hiver

Animaux ailés de l'Est

9. Une géographie insolite

Le Bizarristan est bordé au sud par la mer Biz, à l'ouest par le fleuve Zar, à l'est par le fleuve Ist. Ces deux fleuves prennent leur source au nord dans la chaîne de montagnes An qui sépare le pays en deux.

L'ouest est un plateau dont l'altitude est strictement 851,32 m. Il se termine en falaise au-dessus de la mer. Les chutes du Zar sont gigantesques et offrent depuis la mer un spectacle impressionnant.

Sur le plateau, les espaces sont dédiés à l'agriculture, à l'élevage et aux laboratoires de distillerie.

On y trouve des céréales comme l'élb, l'ogros et l'eniova.

Les animaux, des snotuoms, sont en liberté, ils vivent en troupeaux et les éleveurs habitent dans des lieux appelés shcnar.

À l'est, le relief est plus varié. La végétation y est abondante, car l'humidité de cette zone permet un développement naturel de la flore. Les arbres, des siacacca, fleurissent toute l'année, mais les fleurs sont de couleur différente chaque saison, bleu l'hiver, blanc au printemps, rouge en été et jaune en automne.

Ce sont ces fleurs qui sont utilisées dans les laboratoires de l'Ouest. Les ouvriers y travaillent pour produire les élixirs qui permettent à la population de jouir d'une robuste santé tandis

Montagnes

de l'An

Col du

Phaimurzzz

Zar

Falaises

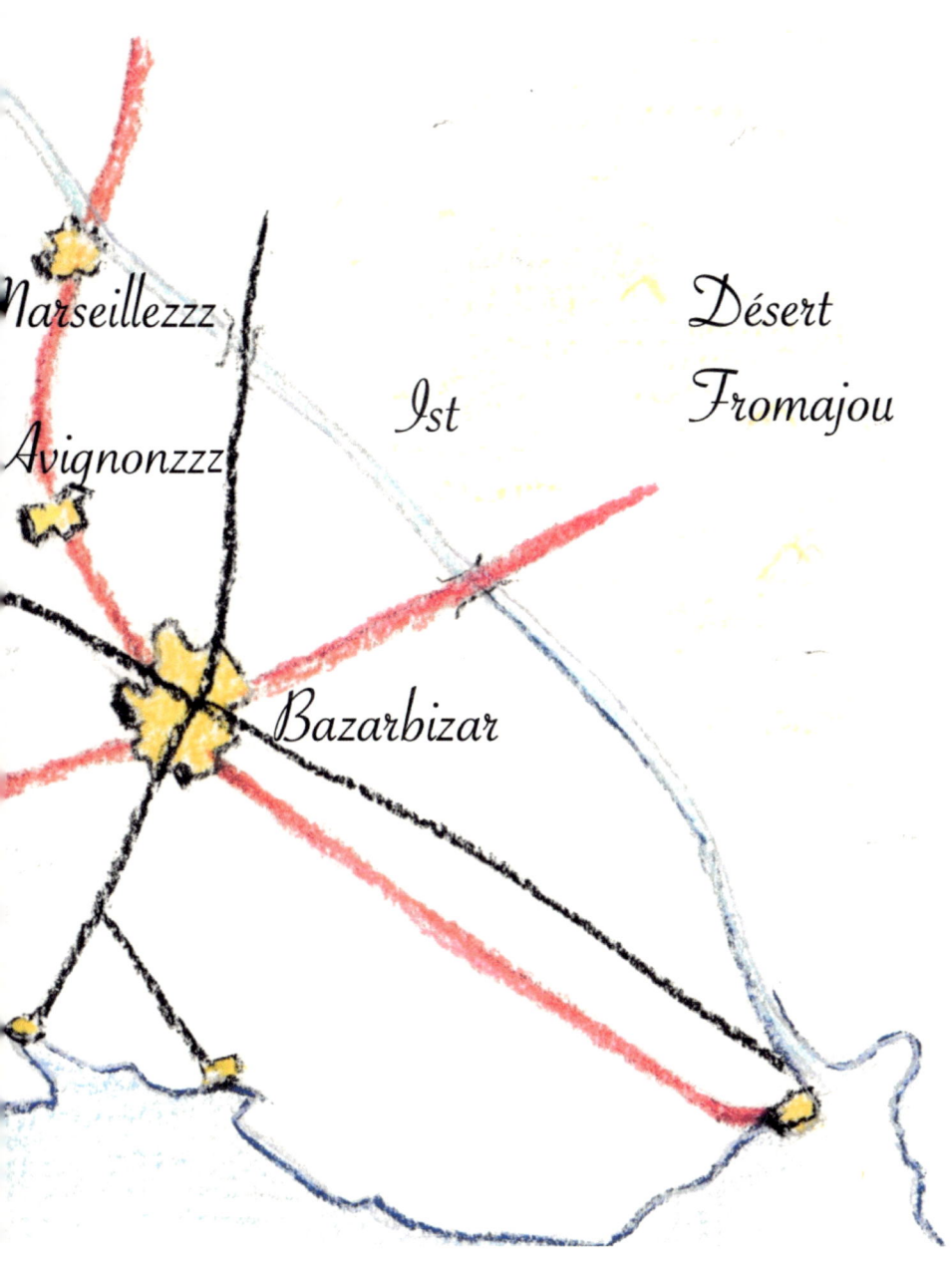

Priscillistan

Marseillezzz

Désert
Fromajou

Ist

Avignonzzz

Bazarbizar

que les chercheurs mettent au point des protocoles de plus en plus rapides.

Les animaux de l'Est sont tous inoffensifs, mais tous sauvages. On ne peut pas les apprivoiser ni les domestiquer. Ce sont exclusivement des animaux ailés. On reconnaît les mâles des femelles par le sens de leur vol : les premiers dans le sens cyclonique, les autres sont anticycloniques.

La côte est découpée et de nombreux ports s'y trouvent. La mer est riche en poissons volants, poissons-licornes et poissons rouges.

C'est dans cette partie du pays que se trouve la capitale Bazarbizar.

10. Une histoire originale

Le Bizarristan a été épargné par les grandes invasions. Tant la particularité de sa géographie que les coutumes bizarres de ses habitants ont dissuadé les grands empires de chercher à l'annexer. Trajan a placé la limite de l'Empire romain à sa frontière. Les Mongols ont soigneusement évité son territoire. Les récits russes en font mention comme d'un pays étranger et l'Empire ottoman semble avoir ignoré le Bizarristan. La seule invasion du pays date de l'époque mérovingienne et fut conduite par le roi Dagobert qui repartit aussitôt après être arrivé. Il en est principalement resté une coutume vestimentaire étrange. Mais ce ne fut pas le seul apport de la France au Bizarristan. Au XVIIe siècle, une mission jésuite conduite par le père Chacotez entreprit d'évangéliser le pays. Ce fut un échec religieux, mais une réussite linguistique. En effet, jusque là les Bizarristanais n'avaient aucun langage. Ils communiquaient uniquement par gestes qui étaient de deux sortes : des tapes sur l'épaule et des coups de pied au derrière. Ainsi une tape sur l'épaule signifiait « Voulez-vous m'épouser ? », deux tapes sur l'épaule « Passe-moi le sel », un coup de pied au derrière « Le fond de l'air est frais », deux coups de pied au derrière « Je n'arrive pas à me faire à l'idée qu'on est déjà vendredi ! » et ainsi de suite. Ce n'était pas très pratique et les Bizarristanais avaient les épaules et les fesses endolories. Aussi, le père Chacotez entreprit de leur enseigner le français. Il avait néanmoins un défaut de langue qui a laissé quelques particularités. Les Bizarristanais, reconnaissants, le choisirent comme chef à la place des anciens rois et Jacotezzz qui avait bizarristanné son nom fut le premier Grand Chef à Plumes du pays. C'est lui qui fixa définitivement les institutions du pays. Les communications étant très difficiles, le Bizarristan entretient peu de relations diplomatiques si ce n'est avec son voisin le Priscillistan. Cependant, les deux pays se détestent et la barrière linguistique ne favorise pas le rapprochement.

Le père Chacotez

11. Un mode de vie étrange

Les Bizarristanais habitent dans des maisons bizarres. Elles sont très hautes, car chaque pièce est empilée l'une sur l'autre. Donc plus il y a de pièces, plus la maison est haute.

Leurs vêtements sont aussi bizarres que leurs maisons. Ils portent des pantalons, mais les poches sont retournées. Sur le dos de leurs chemises, il y a marqué en gros : « Bizarristanais ». Pour terminer, leurs chaussures sont rectangulaires.

Les Bizarristanais mangent très très très très très épicé. Tous leurs plats sont servis avec des courgettes. Ils ont leurs spécialités : par exemple « Le dindon moelleux » (c'est un dindon sans os — on se demande comment ils les enlèvent — avec des courgettes à l'intérieur) ou encore « La frukanova » (plat très typique chez les Bizarristanais, c'est un dindon au chocolat servi avec des courgettes). Ah oui, j'oubliais, les Bizarristanais aiment beaucoup les dindons.

Les Bizarristanais aiment beaucoup un jeu appelé « Les Aventuriers du rail ». Ce jeu consiste à remplir beaucoup d'objectifs (relier des villes avec des petits wagons de couleurs sur un plateau — bref, c'est un jeu très compliqué). Peut-être est-ce cette passion pour les chemins de fer qui fait que les Bizarristanais aiment fixer des horaires de chef de gare très précis. Ils déjeunent à 12 h 67 min 23s et dînent à 19 h 53 min 47 s

Pour aller à l'école, les enfants n'ont pas de cartable ni de cahiers. Ils apprennent en jouant, en écoutant ou en lisant des livres. Il faut dire que les Bizarristanais sont très intelligents.

Frukanova

12. Une religion incroyable

La religion bizarristanaise, l'Iygnah qui veut dire « sacré » en vieux Bizarristanais, que certains appellent jsacrézzz aujourd'hui, est une religion polythéiste. Elle comporte dix dieux.

La région sud du Bizarristan est la zone de culte la plus ancienne. En effet, elle se termine par une immense falaise abrupte qui plonge dans la mer. Cette falaise en pierre ocre est trouée de petites fenêtres troglodytes. On l'appelle « La Maison des Dieux » (Jla Jmaison jdes Jdieuxzzz en Bizarristanais). C'est le plus bel endroit du Bizarristan. La mer y est bleu-turquoise et au coucher du soleil, l'ocre de la pierre devient doré. Il y a dix fenêtres principales, une pour chaque Dieu. La légende raconte également que la falaise s'enfonce sous l'eau, sans fin, et qu'il y a une fenêtre pour chaque mort. Il est interdit d'approcher le bas de la falaise par la mer, ou de plonger dans ce périmètre. On ne peut donc pas vérifier cette légende.

Tous les dieux sont des enfants. Au Bizarristan, les enfants sont donc très respectés. C'est pourquoi on ne parle pas d'un enfant sans raison.

Les Bizarristanais vivent très longtemps par rapport aux autres pays du monde. D'une part, les gens se respectent beaucoup entre eux et il y a ainsi très peu de criminalité. D'autre part, la culture bizarristanaise voit le travail comme un plaisir et le plaisir comme l'essentiel de la vie. Ils travaillent donc beaucoup, mais accordent une grande importance à leurs fêtes et événements traditionnels, qui honorent chacun de leurs dix dieux.

En mars a lieu la fête du talent, en l'honneur de Soly, la déesse du talent. Chaque Bizarristanais propose un art ou une aptitude, et espère qu'il y en aura d'autres dans la même catégorie.

Au cœur du printemps, c'est au tour du duo Gladon et Ivallyne, s'occupant des animaux du monde. C'est le carnaval des animaux dans tout le pays. La mère de Camille Saint-Saëns est bizarristanaise.

La compétition des plus beaux habits cousus main a ensuite lieu en l'honneur de Dellen, déesse de la beauté, Biamy, déesse des femmes, et Dinx, dieu des hommes. Les personnalités royales aiment y participer. L'année précédente, c'est Son Altesse Sala Machacha qui a défilé avec ses propres créations, mais cette année, elle n'a pas encore confirmé sa participation.

L'année bizarristanaise est ainsi rythmée de fêtes, mais la fête la plus importante peut tomber n'importe quand. En effet, une fois par an, à une date qu'on ne peut pas prévoir a lieu un mystère. On l'attribue au dieu Adlan, dieu — justement — du mystère. Cette fête est aussi nationale que religieuse, car c'est la fête du bizarre, donc du Bizarristan. Que ce soit sur la date ou sur la nature du mystère lui-même, cette fête est l'occasion d'innombrables paris, et de ce fait reste de loin la préférée des joueurs et crée une excitation tout au long de l'année.

Les Bizarristanais sont très superstitieux. Ils n'emploient jamais le chiffre 13. Ainsi une heure et quart de l'après-midi se dit 12 h 75 min.

Les paris les plus audacieux et originaux, ainsi que certains des mystères les plus étonnants, sont consignés dans « Bizarristan, mythes et mystères », écrit en 1696 par l'aventurier Richard Dupont. Cet ouvrage est aujourd'hui une référence dans sa description des coutumes du Bizarristan ; on y retrouve aussi les autres dieux.

Fête du bizarre

13. Une langue surprenante

Le Bizarristanais est une langue qui ressemble beaucoup au français, mais avec quelques particularités.

Pour bien parler le Bizarristanais, il faut savoir que chaque mot commence par un J et chaque phrase finit par zzz. Respectez bien le nombre de z : il y en trois. Un Bizarristanais sera offensé si vous lui écrivez en terminant vos phrases par un ou deux z. Il pensera que vous le confondez avec un voisin priscillistanais et vous aurez une ou deux chances sur trois seulement de réussir à rattraper le coup.

À l'oral, cela s'entend moins et un Bizarristanais moderne pardonnera votre erreur de prononciation.

Il y a près de 5000 ans, tous les mots bizarristanais commençaient par « ch ». Arriva sur le trône Joëlzzz 1er, fils de Charleszzz, petit-fils de Childebertzzz, arrière-petit-fils de Chesterzzz, arrière-arrière-petit-fils de Chedidzzz. L'employé de la mairie s'était trompé en écrivant son prénom sur le registre. Mais c'était trop tard, il avait écrit au marqueur indélébile. Joëlzzz (et non Choëlzzz) resta donc Joëlzzz et les mots bizarristanais commencèrent tous par « j ».

Quant à la fin des mots en zzz, cette famille royale a gravement été atteinte de narcolepsie. La seule maladie non guérissable au Bizarristan était transmise par la mouche tsé-tsé. Les rois s'endormaient au milieu de leurs phrases. Ce qui donnait à peu près ceci :

« jChers jBizarristanais, jeZzzzzzz…

jvous jannonce jun jgrandZzzzzzzz…

jbuffet jmercrediZzzzzzzzz »

Faites très attention si vous parlez français à un Bizarristanais, il ne comprendra rien à rien même si les langues sont très proches.

Il vous faudra également vous familiariser avec certaines expressions locales surprenantes. Par exemple, lorsque deux personnes se séparent, elles se disent mutuellement ce qui se traduit en français par « Ne t'endors pas ! » (Jne jt' jendors jpaszzz). De manière assez étonnante, les virelangues français sont très faciles à prononcer pour les Bizarristanais. À force de j, de ch et z dans leur langue de tous les jours, les bizarristanais sont experts à dire très vite tout ce qui nous pose problème, notamment : « Les chaussettes de l'archiduchesse sont-elles sèches ou archisèches ? ».

Essayez donc en Bizarristanais avant de passer au prochain chapitre !

14. Des institutions singulières

Or donc, riches de cette longue histoire et de cette géographie bénie des Dieux, les Bizarristanais avaient mis en place un système de gouvernement hautement sophistiqué.

Ils étaient ainsi principalement dirigés par un chef. Celui-ci était choisi tous les cinq ans par l'ensemble des Bizarristanais que cela intéressait. La tradition voulait qu'il portât un chapeau avec des plumes. On l'appelait donc le Grand Chef à Plumes. Parfois, quand il n'avait pas de chapeau, ou en privé, il pouvait choisir de porter ses plumes ailleurs sur sa personne. Dans les cheveux par exemple…

Mais le Grand Chef à Plumes, s'il était souverain en toutes décisions, n'était bien sûr quand même pas seul pour inventer de nouvelles lois et règlements. Il s'entourait d'une vingtaine de conseillers, dont la principale qualité était d'être pour moitié des Bizarristanaises et pour moitié des Bizarristanais, car sans cela on ne saurait bien gouverner.

Il y avait également un bon millier de représentants du peuple bizarristanais. Ceux-ci étaient répartis en deux chambres, car, les Bizarristanais étant assez pudiques, il avait été jugé préférable qu'ils fassent chambre à part. Pourquoi ils avaient besoin d'être un millier, nul ne le sait, vu que le système présidant à leur sélection (dans les complexités duquel on préfèrera ne pas s'aventurer ici) faisait qu'ils étaient de toute façon toujours d'accord (ou tout du moins, dans leur majorité), avec le Grand Chef à Plumes, qui, comme on l'aura vu, était souverain en toutes décisions.

Ainsi, le Grand Chef à Plume se réunissait avec ses conseillers, qui débattaient devant les représentants du peuple, dans une chambre, puis l'autre, puis la première à nouveau, puis la seconde, jusqu'à ce qu'ils soient trop fatigués de faire cette navette, et que les représentants du peuple entérinent enfin les décisions du Grand Chef à Plumes, qui, comme on l'aura peut-être vu, était de toute façon souverain en toutes décisions.

Cependant, il conviendra de rappeler que le Grand Chef à Plumes, ses conseillers et les représentants du peuple étaient choisis par ceux des Bizarristanais qui s'y intéressaient. Or, la plupart des Bizarristanais ne s'y intéressaient pas, ce qui est fort étrange, tant ce système de gouvernement semble plein de bon sens.

Ces Bizarristanais qui ne s'y intéressaient pas n'étaient pas très souvent d'accord avec le Grand Chef à Plumes. Quand ils étaient en désaccord, c'est-à-dire la plupart du temps, il était traditionnel qu'ils revêtissent un signe distinctif quelconque : bonnet vert à grelots cuivrés, veste pourpre à revers mordorés, écharpe fuchsia à franges indigo en sont quelques exemples observés récemment.

Ils descendaient alors dans la rue pour protester contre la décision du Grand Chef à Plumes, et étaient alors en droit de brûler quelques véhicules, casser quelques vitrines, ou jeter quelques pavés sur les policiers du Grand Chef à Plumes.

C'était selon leur humeur, mais ils pouvaient aussi parfois choisir de faire les trois.

Le Grand Chef à Plumes se réunissait alors avec ses conseillers, mais pas avec les représentants du peuple, car ils n'auraient pas eu le temps de le faire et étaient bien trop fatigués pour faire à nouveau cette navette. Il décidait alors, quand les Bizarristanais qui ne s'y intéressaient pas n'étaient pas d'accord avec lui, c'est-à-dire la plupart du temps, de changer d'avis, ce qu'il pouvait bien faire puisque, si on avait omis de le mentionner, il était souverain en toutes décisions.

Ainsi, il était assez rare que des changements quelconques interviennent dans ce beau pays du Bizarristan. Ceci n'empêchait nullement les Bizarristanais d'être assez heureux, car juste après avoir été choisi, à chaque manifestation des Bizarristanais qui ne s'y intéressaient pas, et juste avant de solliciter à nouveau le soutien des Bizarristanais qui s'y intéressaient (ce qui, au total, fait quand même beaucoup d'occasions), le Grand Chef à Plumes décidait également de donner de l'argent à tous les Bizarristanais.

Bien sûr, c'est de l'argent qu'il n'avait pas, mais ceci n'était pas très grave, car, comme il est gravé au fronton de la Banque Centrale du Bizarristan, « quand c'est l'État qui paye, c'est gratuit ». Et puis de toute façon, cela vaut la peine de le noter, le Grand Chef à Plumes était souverain en toutes décisions.

Ainsi étaient gouverné. e. s les Bizarristanais. e. s.

Chapeau à plumes

15. Paolo Figg

Paolo Figg sortit du train et arriva dans le hall 2 de la gare Saint-Bazar quand un homme l'interpella :

— Monsieur, monsieur, vous êtes bien Paolo Figg ?

— Oui, c'est bien moi !

— Voici une lettre pour vous.

— Merci… mais qui m'écrit ?

— C'est le Grand Chef à Plumes !

— Qui est-ce ?

— Vous venez de France ?

— Oui, mais vous n'avez pas répondu à ma question.

— Eh bien… c'est un peu comme un président de la République. Il gouverne le pays !

— Ah d'accord !

— Bon, je dois vous laisser, j'ai d'autres lettres à distribuer ! Au revoir !

— Au revoir !

Cette lettre n'était pas une lettre, c'était une invitation ! Elle disait :

Vous êtes invités à déjeuner au Palais Royal demain à midi soixante-sept minutes et vingt-trois secondes.

Costume traditionnel à plumes

Tenue chic exigée

Signé : Le Grand Chef à Plumes

GCP

Paolo se souvint qu'il n'avait pas emporté de tenue chic. Il fonça déposer ses valises à son hôtel et partit chez un tailleur. Quand il arriva, il demanda au tailleur :

— Bonjour, je voudrais un costume.

— Pour quelle occasion ?

— C'est pour un déjeuner avec le Grand Chef à Plumes !

— Vous préférez un costume en plume, en poil ou en coton ?

— En plume s'il vous plaît.

— D'accord, levez-vous s'il vous plaît, pour que je puisse prendre les mesures.

Et euh… désirez-vous des chaussures ?

— Oui, je veux bien s'il vous plaît.

— D'accord, je vais vous faire tout ça !

Au bout de deux heures, il sortit avec un beau costume à la main. Il rentra à l'hôtel, s'allongea et s'endormit…

Grand Hôtel du Centre

54

16. Annabelle Boissière

Lorsqu'Annabelle descendit du train et se retrouva sur le quai de la gare Saint-Bazar (appelée aussi gare du Nord), elle ressentit un malaise, une impression de déjà vu.

Les lieux lui semblaient familiers et pourtant, c'était la première fois qu'elle se rendait au Bizarristan.

À la sortie de la douane, un porteur s'empara de ses malles. Elle refusa de lui confier son sac de voyage pourtant bien lourd, mais au contenu précieux et dont elle ne se séparait jamais. En plus des carnets de voyage de son oncle, elle y avait placé tous les cahiers de ses recherches qui contenaient les comptes-rendus de ses travaux personnels. Tous ces documents étaient parfaitement classés par date et scrupuleusement numérotés. Il n'était pas envisageable qu'un intrus y mît du désordre.

Elle suivit le porteur à qui elle avait remis un bristol portant l'adresse de l'hôtel où elle désirait se rendre. Annabelle fut surprise que le porteur comprenne immédiatement les indications écrites en français sur le billet. Puis elle se remémora que son oncle lui avait expliqué que la langue écrite du Bizarristan ressemblait au français à quelques consonnes près. Il en était tout autre de la langue parlée. C'est pour cela qu'Annabelle décida de se taire et de communiquer seulement par écrit.

Le porteur déposa les bagages dans le hall de réception de l'hôtel et disparut avant qu'Annabelle n'eût le temps de le remercier et de le payer pour le service. Elle sut que cela ne se faisait pas quand elle vit le panneau placé derrière le concierge de l'hôtel et qu'elle décoda ainsi : « À l'hôtel du Centre, tout est compris ».

Elle reçut la clé de la chambre n° 1.

Tous les nouveaux arrivants recevaient la clé n° 1. Alors l'occupant précédent se déplaçait dans la n° 2 qui était située au-dessus. Celui de la n° 2 se déplaçait dans la n° 3 et ainsi de suite, à l'exception de la chambre n° 13 qui n'existait pas. On passait directement de la chambre n° 12 à la chambre n° 14.

Il n'y avait aucun problème parce que l'hôtel du Centre possédait un nombre infini de chambres. L'hôtelier du nom de Hilbertzzz prétendait que s'il avait une chambre n° 13, il aurait un nombre de chambres supérieur à l'infini.

Quand Annabelle sortit de la salle de bain, elle fut étonnée de trouver sur le guéridon une enveloppe ainsi libellée :

Annabelle Boissière

Chambre n° 1

Hôtel du Centre.

L'enveloppe contenait un carton d'invitation : « Le grand Chef à Plumes recevra pour déjeuner au Palais demain à 12 h 67 min 23s. Tenue de cocktail et présence exigées ».

17. Véra Smyrnova

Pour plus de fluidité dans la lecture de ce roman, le Bizarristanais sera à partir de ce chapitre traduit en français.

La douane de la gare de Bazarbizar était un passage obligatoire pour nos voyageurs arrivant d'un autre pays. Véra regardait autour d'elle pendant que le douanier-chef posait son sac de voyage sur une grande table. Un assistant guilleret s'affairait à déplacer des papiers d'un grand secrétaire à un très haut meuble à clapet. En attendant son tour, adossé au mur, Timothée parcourait un quotidien du jour, qu'il venait d'acheter sur leur quai d'arrivée. Il lisait et parlait bien le Bizarristanais même si c'était son premier séjour. Lorsque c'est la dixième langue qu'on apprend, cela va toujours plus vite.

Au mur également, un diplôme de finaliste régional aux *Aventuriers du rail*, et une carte jaunie du pays, dont la punaise inférieure droite manquait. La carte frémissait à chaque passage de l'assistant-douanier dans un sens ou dans l'autre, et se soulevait lorsque la porte du bureau s'ouvrait.

Un jeune homme en uniforme et fine moustache entra dans le bureau. La carte se souleva. Le douanier retirait respectueusement du sac de Véra les foulards légers et chamarrés l'un après l'autre.

— Tiens, s'étonna Timothée les yeux sur son journal, ils parlent de la princesse Sala Machacha. L'auteur de l'article pose la question de sa participation cette année encore à la compétition des plus beaux habits cousus main…

— Moi je vous parie qu'elle participera ! Et même qu'elle va encore gagner ! dit l'assistant en refermant un clapet bruyamment.

— Les nouvelles n'ont pas l'air très fraîches, marmonna Timothée, on m'a vendu un vieux numéro. La princesse a disparu, comment voulez-vous qu'elle participe ?

— Ah non, mais ne gâchez pas les paris, voulez-vous ? Ces étrangers… !

Le douanier tira la boule de cristal du sac de Véra et remarqua les falaises ocre aux fenêtres troglodytes qui continuaient à y flotter depuis cette mémorable séance de voyance à Paris. La compréhension de la langue ne pose pas de problème comme on l'a dit. En revanche, s'exprimer en Bizarristanais est plus ardu pour un débutant. Véra tenta de se faire comprendre : elle souhaitait se rendre là-bas, à ces falaises.

— Ah ! Mais en cette saison, ce n'est pas facile ! répondit le douanier. Vous comprenez, les falaises sont dans l'ouest ! Il vous faudrait traverser l'An. Or, à cette altitude en hiver, c'est une véritable expédition !

— Je vous parie que le mystère de l'année 1874, ce sera grand beau temps sur les monts An en mars ! Tous en bras de chemise et visibilité jusqu'à la mer ! dit l'assistant en éclatant d'un grand rire jovial.

58

Le douanier referma le sac et tendit à Véra son autorisation de séjour.

L'officier quant à lui, regardait distraitement la scène de la boule de cristal en repensant à l'amie de sa mère, Mme Hussenot, si férue de spiritisme. Leurs conversations le faisaient rire et notamment Mme Hussenot qui connaissait tout Paris et pouvait vous conseiller sur les salons à fréquenter comme vous dénicher une coiffe à plumes de chef indien d'Amérique. Cette idée le tira de sa rêverie.

— Veuillez m'excuser, Mademoiselle, je suis également français. Capitaine Vaubecourt de l'ambassade. Je me permets de m'immiscer dans vos projets. Je comprends votre désarroi et, dans un cas comme celui-ci, une aide puissante locale ne serait-elle pas la bienvenue ?

Il la regardait bien en face, sans sourciller, ses yeux plantés dans les siens, sans gêne aucune. Le côté déformé de Véra se tordit en un plissement de lèvres douloureux tandis que l'autre s'épanouit en un charmant sourire.

— À quoi pensez-vous, Monsieur ? À l'Ambassadeur ?

— Mieux encore. J'ai audience demain avec le Grand Chef à Plumes, qui comme chacun sait est souverain en toutes choses. C'est une invitation pour l'ambassade française au sens large. Que diriez-vous si j'y inscrivais nos deux noms ? Il s'agit d'un déjeuner à 12 h 67 min 23s précises. Je peux passer vous prendre à votre hôtel à 12 h 39 min 16 s, ce sera bien suffisant.

Timothée, tout absorbé dans sa lecture de journal, s'exclama soudain :

— La comtesse de Ségur est morte ? Les enfants du Bizarristan pleurent un grand auteur ? Évidemment qu'elle est morte ! J'ai écrit moi-même sa nécrologie dans le Petit XIXe il y a 3 semaines ! Quel scoop !

Véra reprit le fil de peur de laisser passer l'occasion :

— J'accepte et je vous remercie. C'est au nom de Mlle Smyrnova, capitaine.

— Auriez-vous la gentillesse de m'appeler Armand ? Sans quoi je risque de vous confondre avec l'ambassadeur.

Puis poursuivant de ce ton malicieux, il s'adressa à Timothée :

— Ne savez-vous pas, cher compatriote, que le Bizarristan a 19 jours de décalage avec la France ?

18. Timothée Balivet

Timothée était sorti de la gare. Tout en marchant vers son hôtel, il regardait les gens sans les voir. Il réfléchissait à ce qu'il avait entendu à la douane. Au Bizarristan, il y avait 19 jours de moins par rapport à la France. Si je reste moins de 19 jours au Bizarristan, cela veut-il dire que mon article a déjà paru en France ? Et si je n'écrivais pas le même article que celui qui a paru en France ? Puisque ça fait moins de 19 jours que j'ai appris en France que la princesse Sala Machacha avait disparu, ça veut dire qu'ici la princesse n'a pas encore disparu ? Et comment a-t-elle disparu, cette princesse ? Et d'abord pourquoi est-ce une princesse alors qu'il y a un Grand Chef à Plumes ?

Tandis que Timothée se posait des questions, un dindon lui arracha la lanière de son appareil photo et l'emporta en glougloutant. Il mit une seconde à s'en apercevoir. Saviez-vous que les dindons couraient très vite ? Le dindon s'enfuit à toute vitesse dans les rues de Bazarbizar. Timothée se mit à courir derrière lui à travers les petites ruelles de la ville. Déjà que plongé dans ses réflexions Timothée n'avait aucune idée d'où il se trouvait, alors à la poursuite du dindon voleur, il allait vraiment perdre tous ses repères. À bout de souffle, il s'arrêta et s'appuya à un panneau, quand un homme lui tomba dessus.

— Vous ne voyez pas que c'est un arrêt de bus ? s'écria l'homme.

Timothée n'était pas encore relevé que d'autres personnes lui tombaient dessus. Il leva la tête et vit le bus repartir. Il voulut reprendre sa course-poursuite : le dindon venait de tourner au coin de la rue. Arrivé là, le dindon avait disparu.

Découragé, il essaya de se repérer pour se rendre à son hôtel. Après une heure de recherche, il arriva enfin dans sa chambre. Il trouva sur le lit une lettre de son patron du Petit XIXe, lui disant qu'il était invité à déjeuner le lendemain par le Grand Chef à Plumes dans sa résidence. Timothée soupira et se laissa tomber sur le lit : comment cette lettre pouvait-elle arriver aujourd'hui alors que le Bizarristan a 19 jours de décalage avec la France ?

Georges Dupont

19. Georges Dupont

George Dupont se promenait dans la ville de Bazarbizar tout en cherchant comment se rendre dans la ville de Zzzzz n° 128 sans faire le détour par le sud, mais en passant par la ville de Zzzzz n° 73, directement en ligne droite comme lui avait conseillé un passant. Hélas, aucun train ne pouvait s'y rendre en prenant ce trajet et le peu de pièces qu'il avait ne lui permettait pas d'acheter ou même de louer un cheval, il avait beau chercher un poste télégraphique d'où il pourrait envoyer un télégramme à l'ADECE, mais cette ville n'avait pas l'air d'en avoir. Alors, il décida de trouver un hôtel pour dormir. Et en effet, il en trouva un qui se nommait le Jacduzzz.

Mais à peine entré, le concierge lui rétorqua :

— Il n'y a plus de chambre

M. Dupont répondit :

— Vous êtes rustre, il y a de la place pour moi, il y a la chambre n° 1 n'est-ce pas ?

— Non ! Elle est réservée depuis 5 ans par Sa Majesté le Chef à Plumes et puis je doute que vous ayez assez d'argent pour payer la suite royale.

— Ah ! Si c'est ça alors… Mais la chambre n° 68 aussi est libre !

— Oui, mais il vous faudra le formulaire bleu pour y entrer.

— Et où se trouve-t-il ?

— 6e étage, 3e porte gauche… et avisez-vous de parler correctement… il y a 3 z après chaque phrase et non pas 4 !

Après avoir monté les escaliers, il frappa à la porte.

— Entrez !

— Bonjour

— Bonjour, que voulez-vous ?

— J'aimerais le formulaire bleu.

— Le formulaire bleu ? Mais que voulez-vous que j'y fasse ? Si vous voulez le formulaire bleu rendez-vous chez M. Paul, 2e étage 6e porte droite.

Après le trajet :

— J'aimerais le formulaire bleu

— Le formulaire bleu ? Avez-vous le laissez-passer n° 38 ?

— Non.

— Il vous le faut, demandez-le au concierge

— Pfff

— Vous avez dit quelque chose ?

— Non

Et après le trajet :

— J'aimerais le laissez-passer n° 38 !!!

— Alors, donnez-moi le laissez-passer n° 71 ! 7e étage 4e porte droite !

— Mais il n'y a pas de 7e étage !

— Si, on y accède par dehors !

Et après le trajet :

— Le laissez-passer n° 71 !!!!!!!!

— Il n'existe pas !!!!!!!

— Mais si !

— Demandez au concierge !!!!!!!

Ensuite :

— Mais qui vous a dit qu'il fallait le laissez-passer n° 71 pour obtenir le laissez-passer n° 38 pour obtenir le formulaire bleu pour pouvoir entrer dans la chambre n° 68 !!! Il vous suffisait juste de demander !! C'est 60 Zling la nuit !

— 60 Zling !!! Mais je n'en ai que 20 ! Oh ! Et puis cet hôtel !!

George Dupont s'en alla quand le portier l'interrompit :

— Vous êtes George Dupont ?

— Oui ! Quoi ?

Tenez une lettre de Sa Majesté le grand Chef à Plumes.

(Chers lecteurs, lectrices,

Je tiens à vous préciser que tout le dialogue qui vient de se dérouler a été traduit du Bizarristanais pour plus de compréhension, mais si vous voulez être plus réaliste dans votre lecture, vous pouvez le traduire vous-même en suivant les indications du chapitre : *une langue surprenante.*

Désolé pour cette petite interruption et bonne lecture)

Il sortit de l'hôtel et ouvrit la lettre :

Cher M. Dupont,

Rendez-vous demain à 12 h 67min 23s précises au Palais Plumesque, impasse Saint-Philippe. Et n'en parlez à personne.

Il ferma la lettre et leva la tête, il se trouvait devant une auberge qui s'appelait : Le Français, pour les Français qui ne comprennent rien à rien au Bizarristan.

Elle se trouvait dans une petite ruelle, sombre, et humide, la pancarte grinçait sous la rouille, le son de la pluie était accompagné par un corbeau qui croassait, une lueur de chandelle presque éteinte brillait par la seule fenêtre du mur, mais, pour George Dupont, c'était la seule maison ordinaire du pays. Ce n'était pas très luxueux, mais la seule chose qu'il voulait faire, c'était de trouver un coin normal, au milieu de ce bazar où il pourrait s'endormir et oublier toutes les émotions de ses mésaventures.

20. Gustave Magousse

Lorsque Gustave Magousse se réveilla dans sa chambre d'hôtel, il avait déjà oublié où il se trouvait. La pancarte « Jintedirctionzzz de jfumezzz » lui rafraîchit la mémoire. Il appela immédiatement le service de chambre et commanda le petit-déjeuner traditionnel, des flocons d'eniova aux courgettes, accompagnés d'un café qu'il demanda le plus fort possible. Le plat, bien qu'inattendu, était fort goûtu, mais le café était tout simplement infect, si bien qu'il ne put terminer les 5 millilitres qui lui avaient été servis. Il décida de se mettre en quête d'un café au meilleur goût, vissa son haut de forme sur sa tête et descendit les 20 étages de son hôtel (il se trouvait en chambre 20 qui occupait tout le dernier étage). Il salua la réceptionniste qui s'enquit de la qualité de sa nuit :

— Avez-vous apprécié notre literie de confort supérieur, cher monsieur ?

— J'ai dormi comme un enfant, répondit-il en souriant !

— Vous ne devriez pas rire de ces choses, monsieur, faites attention lorsque vous parlez d'enfants ou vous risqueriez de vous faire dénoncer auprès du Grand Chef à Plumes !

Gustave Magousse ne comprenait pas. Voyant son air surpris, la réceptionniste renchérit :

— Vous devriez vous renseigner sur la culture d'un pays avant de vous y rendre, cher monsieur. Ici, on ne parle pas d'un enfant sans raison. Je pourrais appeler la police et vous dénoncer sur le champ !

Elle reprit d'un ton affable :

— Je vous souhaite une excellente journée, cher monsieur. Et si vous avez besoin de quoi que ce soit, n'hésitez pas, je me ferai un plaisir de vous aider.

Gustave sortit un peu gêné par le drôle de comportement de la réceptionniste. Une fois dehors, il se trouva idiot : il ne savait vers où se diriger. L'hôtel se trouvait en plein centre de Bazarbizar, mais des panneaux indiquaient la direction des différents ports sans indiquer celle des commerces. Il hésita à retourner à l'hôtel, la demoiselle lui ayant si aimablement proposé son aide. Mais il renonça, car il avait peur de se faire de nouveau proposer ce café infect. Et il n'osait pas lui avouer que le précédent avait complètement anéanti ses papilles. Il se dirigea au hasard, espérant que son intuition le dirigerait vers un quartier vivant.

Il finit par tomber sur un marchand ambulant qui criait « Café fort, café fort ! Mon café il est fort à réveiller les morts ! ». Gustave s'approcha de la petite roulotte et commanda un café fort. Lorsqu'il plongea ses lèvres dans la tasse, il pâlit. De nouveau, le goût était complètement inadéquat, pire encore que le précédent. Il se résigna au fait que les Bizarristanais ne savaient pas faire le café. Gustave termina sa tasse le plus vite possible en grimaçant, remercia poliment le marchand, lui tendit une pièce et s'éloigna. Il lui fallait à présent trouver un endroit où s'installer. Il identifia une rue très passante, avec de nombreux commerces. Il déploya alors sa mallette en table de magicien. Il se mit à enchaîner les tours comme il en avait l'habitude, en hélant les passants. Mais ni l'apparition de foulards, ni la disparition de pièces, ni enfin l'absence de séquelles après s'être coupé le doigt, n'attirèrent leur attention. Ils semblaient tout simplement ignorer le magicien. À la fin de la matinée, après avoir tout essayé pour distraire la ruelle bizarristanaise, il se rendit à l'évidence que cette culture, en plus de n'avoir aucun goût en matière de café, était complètement étanche à ses tours. Il replia sa mallette et regagna son hôtel à pieds.

En rentrant à l'hôtel, la réceptionniste la salua avec gentillesse.

— Avez-vous passé une bonne journée, cher monsieur ? La découverte de notre ville était-elle à la hauteur de vos attentes ?

— Bien au-delà ! répondit-il d'un ton mielleux, soucieux de ne pas paraître déçu par sa journée.

— Tant mieux, vous m'en voyez ravie. Oh, et nous avons reçu aujourd'hui un télégramme à votre attention.

Étonné, Gustave se saisit du télégramme qu'elle lui tendait. Il voyait bien qu'elle était curieuse d'en connaître le contenu, mais il gravit les étages qui le menaient à sa chambre avant d'ouvrir la lettre. Il posa sa mallette, s'assit sur le lit et l'ouvrit enfin.

« Convocation officielle — STOP — Prière de vous rendre auprès du Grand Chef à Plumes — STOP — Aujourd'hui 12 h 67 min 23s — STOP »

S'il n'avait pas été assis sur un lit, il aurait probablement perdu l'équilibre. Et si la réceptionniste l'avait dénoncé comme elle avait menacé de le faire le matin même ? Il regarda sa montre. Il avait à peine le temps de prendre un taxi.

21. Chez le Grand Chef à Plumes

Le Palais Plumesque s'élevait au fond d'une étroite impasse le long de laquelle un tapis rouge avait été dressé. Il était très difficile d'y accéder, car des Bizarristanais vêtus de pourpoints dorés à fourragère rose et coiffés de bonnets verts bloquaient l'entrée de l'impasse en scandant des slogans incompréhensibles. Ils avaient allumé des braseros sur lesquels rôtissaient des dindons en broche. Quand les invités avaient réussi à se frayer un passage dans cette foule bigarrée, ils étaient accueillis par des sonneries de trompette.

Véra Smyrnova et Annabelle Boissière avaient revêtu des robes de soirée, rouge pour l'une et crème pour l'autre. Elles étaient accompagnées du capitaine Vaubecourt en grand uniforme du corps diplomatique. Gustave Magousse portait un smoking noir à col Bordeaux ainsi qu'un chapeau haut de forme alors que Georges Dupont était en strict costume trois pièces anthracite. Timothée Balivet arborait sa traditionnelle veste en tweed et des pantalons de golf. Mais le personnage le plus étonnant était Paolo Figg déguisé en dindon et portant des chaussures carrées. La foule des Bizarristanais s'écartait et faisait silence sur son passage. En arrivant dans le grand hall d'entrée, ils étaient accueillis par le grand Chef à Plumes qui portait son chapeau traditionnel. Entouré de ses conseillers, il les saluait tous par leur nom et dans un Français impeccable. Il accueillit chaleureusement Paolo Figg :

— Cher Monsieur Figg, je suis très honoré que vous ayez revêtu le costume d'apparat traditionnel bizarristanais.

Armand Vaubecourt glissa à l'oreille des autres invités :

— Ce costume ne se porte plus depuis deux ou trois siècles…

Puis l'horloge sonna 12 h 67 min 23s, on passa à table et les maîtres d'hôtel servirent le dindon moelleux et emplirent les verres de jus de jaricozzz. Le Grand Chef à Plumes avait un mot pour tous ses invités français. Il dit à Annabelle Boissière qu'il avait bien connu son oncle Antoine de Castillon et à Gustave Magousse qu'il gardait un bon souvenir de son grand-père Gontran et de son père Gaétan. Il demanda à Georges Dupont s'il avait un lien de parenté avec Richard Dupont, l'auteur de « Bizarristan, mythes et mystères ».

— En vérité, je ne sais pas répondit Georges. En revanche, connaissez-vous un de mes compatriotes du nom de François Dunavirre ?

— Pas que je sache, dit le Grand Chef à Plumes, mais le capitaine Vaubecourt doit le connaître, dit-il en se tournant vers l'attaché d'Ambassade.

— S'il existait un Français de ce nom au Bizarristan, je le saurais. C'est moi qui délivre tous les visas. Vous devez faire erreur.

On avait servi le dindon au chocolat, la fameuse Frukanova. À chaque plat, Gustave Magousse qui y était allergique faisait disparaître les courgettes.

Quand on servit le café, il fit disparaître les tasses et les maîtres d'hôtel s'abstinrent de le servir. Le Grand Chef à Plumes s'adressa alors à ses invités :

— Mes amis, vous avez tous souhaité venir au Bizarristan pour des raisons qui sont les vôtres. Je suis prêt à vous faciliter cette découverte. Mais en échange, j'ai un grand service à vous demander. Ma fille, la princesse Sala Machacha, a disparu depuis hier. Mes services de police sont en effervescence, mais ils ne sont pas très compétents. Je connais la perspicacité française illustrée par Vidocq et Auguste Dupin. De plus, ces derniers temps, ma fille avait semblé s'intéresser beaucoup à la France. Aussi, je vous demande de m'aider. Je mettrai tous mes moyens à votre disposition pour parcourir le pays à sa recherche.

Émus par le désespoir d'un père, nos amis acceptèrent tous chaleureusement cette mission et commencèrent à formuler des hypothèses. Timothée Balivet intervint :

— Si nous commencions plutôt par inspecter sa chambre ? Nous y trouverons peut-être quelques indices.

Le Grand Chef à Plumes

22. Les appartements de la princesse

— Voici la chambre de la princesse, annonça le garde qui escortait le petit groupe.

— Mais avant d'entrer, je voulais vous rendre votre appareil photo, M. Balivet, dit le Grand Chef à Plumes. Veuillez excuser mon dindon apprivoisé, il est très farceur. Dans la ville, tout le monde le connaît, sinon il serait déjà transformé en frukanova.

Les appartements de la princesse s'étendaient sur deux étages. Ils s'organisèrent donc pour chercher par petits groupes. Annabelle et Véra chercheraient dans la chambre à l'étage, montant ainsi avec Georges et Gustave qui s'occuperaient de la salle de bain. Timothée et Paolo choisirent de rester dans le salon pour chercher des indices. Le capitaine Vaubecourt ne prit pas part à la fouille, car il avait des affaires à régler avec le Grand Chef à Plumes.

La salle de bain était gigantesque, avec une baignoire de la taille d'une piscine. Une magnifique coiffeuse en marbre dont les tiroirs étaient remplis de flacons multicolores attirait toute l'attention. Georges commença à vider tous les tiroirs un par un. Georges était stressé parce qu'il avait peur de trouver du jasmin parmi les parfums. Il y était allergique : quand il en respirait, il se mettait à stresser. C'était donc doublement stressant, et l'ambiance s'en ressentait un peu dans cette salle de bain immense. Georges entendit un froissement de tissu et leva la tête : il vit Gustave manipuler le rideau de douche, puis passer derrière. Quand Gustave le rouvrit, il avait changé de tenue : il n'avait plus qu'une serviette éponge autour de la taille. Gustave se mit à ouvrir et fermer le rideau de plus en plus vite, passa par la tenue de Grand Chef à Plumes, puis fermant encore le rideau, puis le rouvrant, il se montra habillé exactement comme Georges. Il revint à sa tenue initiale en quelques coups de rideau concluant que c'était finalement mieux ainsi. Georges se passa de l'eau sur le visage et respira profondément pour se calmer. Les tentatives de Gustave lui avaient changé les idées, mais il avait besoin de s'éloigner du jasmin qu'il sentait dans cette salle de bain. C'est là qu'il vit au fond du lavabo de grosses touffes de poils bruns. Levant la tête il aperçut la tête de mannequin avec la coiffe de la princesse posée dessus. C'était une superbe coiffe à plumes multicolores, digne de son statut de princesse. Il y manquait quelques plumes et les mêmes poils bruns, longs comme un doigt, qui ressemblaient à de la fourrure d'ours, étaient éparpillés autour de la tête.

— Des poils ? N'est-ce pas avec ce type de poils que se coiffe le Grand Chef à Poils du Priscillistan, le pays voisin du Bizarristan ? dit Gustave Magousse.

Pendant ce temps, l'ambiance était très différente dans le salon. C'était une grande pièce très confortable. De la moquette épaisse rouge au sol, de grands fauteuils moelleux gris, des tentures jaune mordoré ornaient la salle. Un feu de bois brûlait dans une majestueuse cheminée aux armoiries du Bizarristan. Fidèle à son caractère, Timothée proposa à Paolo une

76

compétition : le premier qui découvrait un indice aurait gagné. Ils trouvaient à tour de rôle des objets de la vie courante bizarristanaise, mais insolites pour les Français : un écrase-limace, un fourre-dindon, un briquet à cacahuète, une chaussure à escargot, un peigne à saucisses. L'un après l'autre, Timothée et Paolo brandissaient leur trouvaille et passaient d'un air triomphant devant l'autre se croyant vaincu, traversaient le salon jusqu'au grand bureau où travaillaient le capitaine Vaubecourt et le Grand Chef à Plumes. Mais le capitaine leur expliquait la nécessité de chacune de ces bizarrist-âneries dans la vie d'une princesse bien élevée. Nos deux enquêteurs découragés prirent place face à face sur deux des gros fauteuils. Entre eux, une table basse avec un vase dans lequel étaient arrangées des céréales et des fleurs. À côté d'eux, la moquette rouge était jonchée de tous leurs faux indices. Timothée dit :

— Pas si facile, cette compétition, n'est-ce pas ?

Ce faisant, il décala sa tête sur le côté pour voir Paolo en face, le bouquet lui cachant son visage. Paolo se décala à son tour pour répondre, ouvrit la bouche en un soupir, resta bouche bée et se repositionna bien droit, son visage à nouveau caché par le bouquet. Il se leva sans mot dire, saisit le vase et l'apporta au bureau.

— De l'élb, de l'ogros, de l'eniova, n'est-ce pas ce qui pousse dans l'Est du pays, Grand Chef à Plumes ? Et ces fleurs bleues de siacacca, ne sont-elles pas typiques de l'Ouest bizarristanais ? Et qu'est-ce qui se trouve entre l'Est et l'Ouest ?

77

— Les montagnes de l'An ! s'écria Timothée. Du coup, cher ami, reconnaissez que c'est moi qui ai gagné.

Pendant ce temps, au premier étage des appartements de la princesse, Véra et Annabelle découvraient sa chambre. Le grand lit à baldaquin sur une estrade semblait au cœur d'une clairière doucement éclairée par des rais de lumière. Ce n'étaient pas quatre murs qui l'entouraient, mais une véritable forêt. Véra touchait les troncs et certains s'ouvraient en penderie. En passant en revue les toilettes à la recherche d'elle ne savait quoi, elle se dit qu'elle et la princesse avaient les mêmes goûts, même si tout de même elle ne se résolvait pas à porter des chaussures à bouts carrés. Annabelle effleurait du bout des doigts le couvre-lit, le baldaquin, se demandant bien si elle reconnaîtrait un indice dans toutes ces bizarreries. Elle prit sur la table de nuit un objet avec un dôme en verre à l'intérieur duquel dansaient des flocons de neige.

— Que c'est joli ! s'écria-t-elle. Véra arriva près d'elle :

— C'est exactement la falaise avec les petites fenêtres que j'ai vue dans ma boule de cristal !

Le Grand Chef à Plumes montait justement prendre de leurs nouvelles. Il inspecta l'objet :

— Oui, c'est une de nos inventions : la boule-qui-neige. Mais toute représentation de cette falaise sacrée est interdite, c'est étrange.

— Ne croyez-vous pas que c'est donc qu'il faille s'y rendre pour comprendre ? dit Annabelle

— Le Priscillistan, les montagnes de l'An et les falaises du Zar : c'est donc là qu'il vous faudra aller, mes chers amis, récapitula le Grand Chef à Plumes, souverain en toutes décisions.

La salle de bains de la princesse

23. Conciliabule

Tous nos invités se retrouvèrent dans le grand salon et prirent place dans les fauteuils en plumes de dindon.

— Par où allez-vous commencer, demanda le Grand Chef à Plumes ? Pour ma part, je pense qu'il s'agit sûrement d'un complot fomenté depuis l'étranger. Les Priscillistanais doivent être dans le coup !

Timothée intervint :

— Les montagnes de l'An me semblent le meilleur endroit pour cacher la princesse. Je pense qu'il faut commencer par là.

— Pas du tout, dit Véra. N'oubliez pas que c'est mon métier que de voir ce que les autres ne voient pas. Je suis sûre qu'elle est dans les falaises du Zar.

— Et si, plutôt que de faire des hypothèses hasardeuses, nous nous séparions en trois groupes ? Ce serait plus efficace, intervint Annabelle.

— Excellente idée ! dit Paolo qui n'avait pas encore ouvert la bouche.

Tous furent d'accord. Véra dit qu'elle souhaitait partir pour les falaises du Zar. Annabelle se proposa aussi pour cette destination, car c'est à l'ouest que se trouvaient les fameux laboratoires qu'elle recherchait.

— Je ne vais pas laisser deux charmantes demoiselles partir seules dans ces contrées hostiles. Je vous accompagne, se proposa Armand.

Gustave Magousse proposa d'aller dans les montagnes, car c'est de là que son père et son grand-père avaient rapporté leurs tours les plus fameux.

— Je vous accompagne dit Timothée. Je suis sûr d'en ramener un reportage intéressant.

Il restait Georges Dupont et Paolo Figg pour partir à la frontière du Bizarristan. Georges dit à Paolo :

— Si vous préférez rester ici, je peux très bien me débrouiller seul.

— Pas du tout, en route vers l'aventure ! lui répondit Paolo.

Le Grand Chef à Plumes conclut la réunion :

— Il s'agit d'une bonne décision, mes amis, et je vous remercie. Pour ma part, je mets tous les moyens que vous souhaitez pour votre voyage à disposition.

24. Vers les montagnes de l'An

Timothée et Gustave préparaient leur équipement dans l'échoppe « Au vieux montagnard » de Bazarbizar. Ils se faisaient conseiller par leur sherpa qui portait le très vieux prénom de Chunlz. Pour gravir les montagnes de l'An ils auraient besoin de couvertures rétractables en plumes de dindon réputées pour leurs vertus chauffantes, de manteaux également en plumes de dindons, de chaussures à crampons en épines de siacaccas, du tout dernier grappin 1900 et d'une petite paire de menottes. Et enfin l'équipement qui fascinait le plus Gustave Magousse : la tente du petit scout bizarristanais, une tente deux chambres avec cuisinière intégrée et water-closet, portable sous forme d'un petit flacon appelé capsule.

« À jeter par terre pour déployer la tente », disait l'étiquette.

— Je me demande comment on la replie, dit Timothée Balivet.

— A.. A.. A… Atchoum ! éternua Chunlz.

Immédiatement, Gustave sortit les menottes qu'il avait soigneusement mises dans la poche de son costume et se précipita sur Chunlz pour les lui mettre aux poignets.

— Quels réflexes ! admira Timothée.

— C'est l'habitude. Ce n'est rien quand on n'a même pas besoin de les défaire en apnée sous l'eau devant 500 personnes, répondit Gustave.

Quant à Chunlz, il avait changé de couleur de cheveux. Il avait auparavant les cheveux noirs et désormais les cheveux blonds. Il se débattait tout en prononçant des insultes très travaillées telles que « Espèces de chacals difformes à tête de chips ! ».

Chunlz appartenait à une famille de Bigutegruluk. Les membres de cette très ancienne espèce pouvaient se transformer en éternuant. Chunlz, lui, n'avait pas eu de chance : il se transformait en féroce bandit sans pouvoir contrôler sa méchanceté. Quand il éternuait à nouveau, il redevenait gentil et le meilleur sherpa de tout Bazarbizar.

Une fois prêts, ils se mirent en route sur leur nouvelle bicyclette à crampons (en épines de siacacca) de chez Jlissenpizzz : bicyclette électrique avec turbo intégré. Sur la route, ils regardaient les siacaccas aux fleurs bleues d'hiver. Sur leurs branches, se posaient de temps en temps des petits cochons ailés. En volant au-dessus de Timothée, ils essayaient de lui brouter les cheveux. Chunlz aperçut même un panda géant ailé qui se posa sur une branche en un grand CRAC.

Arrivés au pied de la montagne, Chunlz leur conseilla de s'arrêter, car il faisait trop sombre pour continuer. Gustave déploya la tente et alla rejoindre les autres pour manger à l'intérieur.

25. Vers la frontière du Bizarristan

Et c'est ainsi que le voyage de Georges et Paolo commença. Ils sortirent du palais pour trouver un taxi. Mais dans ce pays, les taxis étaient des vaches, donc ce n'était pas très pratique, car les vaches ne vont pas vite. Georges proposa donc :

— Et si nous prenions le train ?

— C'est une très bonne idée, mon cher ami.

— Vous savez, vous pouvez me tutoyer si cela vous fait plaisir…

— D'accord, alors allons-y, je propose qu'on fasse un stop dans une ville avant la frontière.

— Bonne idée, cela pourra nous permettre de visiter un peu le pays.

Quand ils arrivèrent au guichet de la gare, ils demandèrent :

— Bonjour, avez-vous un train qui va vers la frontière du Bizarristan avec un arrêt dans une grande ville ?

— Je vais regarder… Sinon, êtes-vous français ? Votre dialecte me paraît bizarre…

— Oui, c'est cela.

— J'aime la France, c'est un beau pays, j'aime surtout Paris avec sa fameuse Tour Eiffel… c'est bon, je vous ai trouvé un train, le train 75291331, il desservira la gare d'Avignonzzz. Par contre, le départ est dans 15 minutes voie 5.

Georges et Paolo se dirigèrent donc vers la voie 5 et prirent le train 75291331 à destination de Marseillezzz, une ville près de la frontière du Bizarristan.

Les montagnes de l'An

26. Vers les falaises du Zar

Véra, Annabelle et Armand avaient trouvé une charrette tractée par une multitude de dindons pour le voyage. C'est qu'ils ne savaient point combien de temps il leur faudrait pour arriver jusqu'aux falaises du Zar, à l'ouest.

Soudain, ils furent saisis par un froid soudain, puis un vent terrible. Un arbre s'écroula devant la charrette, ce qui excita les dindons qui se mirent à courir dans tous les sens. Le sac de Véra lui échappa des mains.

— Mon sac ! Il y a ma boule de cristal dedans !

— Il faut le retrouver ! cria Armand.

— Sautons, de toute façon, les dindons sont devenus fous ! dit Annabelle.

Ils sautèrent.

— La nuit ne va pas tarder à tomber et un brouillard épais commence à nous recouvrir. Dans mon sac, il y a une tente et de la nourriture. Posons-nous quelque part pour la nuit. Nous retrouverons ton sac demain, il ne doit pas être bien loin.

Véra et Annabelle approuvèrent sans hésiter.

— Je vais chercher du bois, se proposa Annabelle.

— Bonne idée, dit Armand, nous allons nous occuper de monter la tente…

Ils se réveillèrent le lendemain matin à l'aube (le chant du dindon n'était pas trop à leur goût). Ils se mirent à chercher le sac et le retrouvèrent perché dans un arbre.

Ils reprirent la route. Ils observaient les différents animaux inconnus comme le polupzzz, un petit loup avec des ailes de colibri, et les diverses plantes multicolores. Parmi elles, une sortait vraiment de l'ordinaire : la « Douzzze couleur » ressemblait à une fleur extraordinairement belle, à l'odeur délicieusement douce.

Armand lut dans le guide du Bizzaristan : « Cette fleur incroyable possède les caractéristiques des plantes, mais aussi des animaux. Les scientifiques bizarristanais sont partagés même si la plupart la jugent animale. La Douzzze Couleur est dotée d'une grande intelligence. Elle est capable de se déplacer et de montrer beaucoup d'affection envers les humains. » Armand se demandait s'il pouvait en adopter une…

Peu de trajet les séparaient encore des falaises du Zar et comme la charrette était tombée dans un ravin, ils partirent à pied. Ils pensaient y être avant la nuit, ce en quoi ils se trompaient…

27. Avignonzzz

Une fois montés dans le train, Georges et Paolo se mirent à chercher leur place. Il faut dire que les trains qui roulent à l'intérieur du Bizarristan sont très confortables. Un wagon est composé de six petits appartements d'environ 20 mètres carrés. Dans un appartement, on peut trouver une chambre, un petit salon, une salle de bain, et une petite pièce comprenant un bureau, un tableau de la compagnie et une carte du Bizarristan.

Georges et Paolo s'installèrent donc dans l'appartement n° 18 de la voiture 3. Paolo dit :

— Et c'est parti pour un voyage de vingt-quatre heures, si on allait chercher à manger dans la voiture n° 2 au wagon-restaurant ?

— C'est une bonne idée, en tout cas, je trouve que les trains sont beaucoup plus beaux et confortables que les trains de France. Regarde, on a 20 mètres carrés pour nous.

— Ça, c'est sur, mais ne t'inquiète pas, on pourra en profiter après le repas.

Pendant le repas, Georges et Paolo parlèrent de leurs vies normales, quand ils sont en France (je ne vous donnerai pas plus de détail, car tout est expliqué dans les premiers chapitres de cette aventure). Puis, ils retournèrent dans leur appartement. Paolo partit faire la sieste et Georges s'installa dans le bureau pour travailler.

Le lendemain, le contrôleur annonça :

– Jmesdames jet jmessieurs, jdans jquelques jminutes, jnous jarriverons jen jgare jd'Avignonzzz. Jprochaine jarrêt : Avignonzzz, j3 jheures jd'jarrêtzzz.

— Ah, je crois que nous arrivons en gare d'Avignonzzz… dit Paolo qui venait de se réveiller.

— Oui, préparons-nous pour visiter la ville.

Cinq minutes plus tard, Georges et Paolo se retrouvèrent sur le quai. Georges dit :

— Et si nous commencions par aller voir le fameux pont d'Avignonzzz, je crois que c'est le monument le plus connu de la ville.

— Très bonne idée, Georges, allons-y.

Après avoir vu le pont, s'être promené dans les rues de la ville, et pris une sorte de café dans un restaurant du centre-ville, Georges et Paolo retournèrent vers la gare. En attendant le train, Paolo vit dans une boutique une boîte de jeu qui lui rappelait quelque chose. C'était « Les aventuriers du rail, version bizarristanaise ». Il l'acheta et rejoignit Georges pour monter dans le train pour Marseillezzz.

28. Chez le yéti

Gustave Magousse ouvrit les yeux, se leva et décida d'aller préparer le petit-déjeuner quand il vit que Chunlz était déjà levé et commençait à griller ses tartines. À 8 heures, ils décidèrent qu'il était temps de partir et Gustave alla réveiller Timothée.

— Chunlz ! Chunlz ! Timothée a disparu ! J'ai cherché : il n'est ni aux water-closets ni à la cuisine ! Allons voir dehors.

Chunlz découvrit des traces dans la neige, et Gustave les examina avec à la main le livre « Mythes et mystères du Bizarristan » que Georges lui avait prêté parce qu'il en avait deux exemplaires. Chunlz et Gustave suivirent les traces qui, après des montées très abruptes, les emmenèrent dans une petite grotte. Le plafond devait faire au moins trois mètres. Ils entendirent des appels à l'aide et reconnurent Timothée dans une cage. Il avait deux petites couettes, du maquillage et une robe. Dans une autre petite cage à côté, Chunlz reconnut tout de suite un homme priscillistanais à sa barbe en longs poils d'ours. Il était également habillé en robe et coiffé avec des couettes mal faites. Soudain, ils entendirent un énorme rugissement derrière eux. Chunlz se précipita pour se cacher derrière une pierre en chuchotant à Gustave de se cacher lui aussi. Gustave ne l'écouta pas, il était trop fasciné par le yéti qui arrivait. Calmement, il tenait à la main son livre et lut :

– Écoute ça, Chunlz : « Le yéti jampibiuzzz jpouillotirzzz endémique du Bizarristan présente un pelage blanc neige, des yeux rouges albinos, des griffes rétractables de 4,8 cm exactement, et les plus grands spécimens peuvent aller jusqu'à 4 mètres de hauteur. Ses passe-temps favoris sont la toupie et le train électrique, mais il aime par-dessus tout jouer à la poupée. Il est inoffensif, sauf si vous entrez dans sa grotte. »

Il leva les yeux du livre et le yéti lui rugit à la figure en montrant ses griffes. Gustave Magousse sortit sa baguette magique, regarda dans les yeux le yéti, leva la baguette et le yéti se retrouva dans la cage à la place de Timothée. Timothée, libéré, dit d'un air admiratif à Gustave :

— Mais comment avez-vous fait ? C'est incroyable ! Vous m'avez sauvé ! Merci beaucoup.

Gustave répondit :

— C'est le tour de Pazzzpazzz, que mon grand-père m'a appris. C'est celui que je réserve tout le temps pour la fin de mon spectacle. Mon grand-père l'a connu au Bizarristan il y a 50 ans.

— Mais oui ! coupa Chunlz. Mon grand-père était magicien aussi. Il a enseigné ce tour à un magicien français avec qui il s'était lié d'amitié. Vous êtes son petit-fils !

Soudain, une lumière aveuglante vint de la cage où était désormais enfermé le yéti à la place de Timothée. Quand la lumière s'éteignit, le yéti avait disparu. La cage était vide.

— Sacrebleu ! vous savez faire ça comme tour aussi ? dit Timothée.

Il se fit couper par le prisonnier priscillistanais qui cria :

— Il a disparu dans le trou de ver !

Gustave, pensant apprendre enfin le meilleur tour que personne ne pourrait égaler, demanda :

— De quoi parlez-vous ? Quel trou de ver ? De quoi s'agit-il ? Quel est ce tour ?

— Je ne dirai rien à aucun Bizarristanais ni à personne.

C'est là que Chunlz, qui avait quitté la tente précipitamment sans son écharpe, éternua. Le Priscillistanais fut jeté à terre par le coup de poing de Chunlz, transformé en bandit et en colère de ne pas savoir qui était là. Timothée et Gustave durent retenir le sherpa pour ne pas qu'il attaque davantage. Ce n'était d'ailleurs pas la peine, car le Priscillistanais eut tellement peur qu'il dit en tremblant :

— Laissez-moi, laissez-moi, je vous dirai tout, et même plus. Mais ne tapez plus monsieur s'il vous plaît.

Sur cette conclusion prometteuse, Chunlz éternua à nouveau.

Le Yéti

Sa grotte

29. Histoire de Véra

Véra, Annabelle et Armand étaient désormais sans charrette, mais ils pensaient arriver à pied aux falaises du Zar avant la nuit. C'était sans compter le franchissement du canyon de la Jmortzzz.

— Un nom au son duquel on hésite entre avoir froid dans le dos et chasser l'insecte qui nous bourdonne aux oreilles, n'est-ce pas ? commenta Armand.

Nos confiants héros entamèrent la traversée du pont suspendu au-dessus du canyon. Et naturellement, comme pour tout pont suspendu digne de ce nom, une latte se détacha sous leurs pieds et tomba en tournoyant dans l'abîme du canyon, se fracassant çà et là sur les parois latérales. Le silence se fit ensuite, des regards inquiets furent échangés. Et soudain, l'une des extrémités du pont lâcha et leur fit perdre l'équilibre. Chacun eut le temps de s'agripper à la corde la plus proche lorsque la dernière attache du pont à l'autre côté du ravin se cassa à son tour. Ils furent balancés en direction de la paroi, et auraient eu les os brisés si elle n'avait été recouverte d'une mousse épaisse et moelleuse. Par chance, juste en dessous d'Annabelle se trouvait un décroché dans la paroi du canyon qui formait une plateforme horizontale. Elle s'y laissa glisser, puis aida Véra et Armand encore suspendus, à parvenir jusqu'à elle. Ils n'étaient plus au-dessus du vide, mais ils n'avaient toujours pas traversé et ne pouvaient pas remonter d'où ils venaient.

— Nous n'avons plus qu'à faire un feu avec ces quelques lattes de pont qui pendent, et à nous raconter nos vies en attendant que quelqu'un passe par là et nous aide, dit Armand, qui semblait décidément calme en toute situation. Chère amie, votre boule de cristal pourrait peut-être nous servir à nous faire une raison si le prochain passant n'est prévu que pour le mois suivant.

— Ma boule de cristal ? Mais c'est une simple sphère de verre, capitaine. Un article de pacotille trouvé au bazar de la porte Saint-Martin. La seule fois où j'y ai réellement vu quelque chose, c'est lorsqu'une petite dame est venue pleurer son fils chez moi. Il avait disparu au Bizarristan et j'ai vu dans la boule ces fameuses falaises du Zar que nous n'atteindrons jamais si nous restons coincés ici.

— Vous n'êtes donc pas vraiment voyante ?

— Disons que j'en donne les apparences, mais que je ne vois jamais rien. En revanche, ce que je ne vois pas, je l'invente. Ma belle-mère m'a enseigné les tarots de divination cosaques, une supercherie bien entendu, mais j'ai appris tout le vocabulaire des sciences occultes et des liens entre les forces invisibles. Tout ce salmigondis fait illusion et me permet de gagner ma vie.

— Ainsi vous êtes mariée, Véra ? dit Annabelle.

— Je l'étais, à un homme violent. J'ai rencontré Karandach après la guerre, en 1871 : c'était un beau cosaque aux grandes

96

moustaches, mais de lui je n'ai gardé que le nom, Smyrnoff. Pour une femme, cela devient Smyrnova. Je me suis enfuie, je n'avais pas grand-chose, c'est pourquoi il m'a fallu trouver un travail très vite. Juste en poche de quoi m'équiper de fanfreluches et louer la première semaine d'une chambre dans un immeuble du boulevard des Batignolles. Mais j'ai rapidement eu une clientèle, c'est naturel de chercher à se rassurer sur son futur, sur son passé. Et Paris est une grande ville et je n'ai plus croisé le chemin de Karandach. Pourtant, figurez-vous que j'ai déjà rencontré notre compatriote M. Dupont, je pense que nous habitons dans le même immeuble. Paris est grand, mais le monde est petit !

— Ce qui m'ennuie au plus haut degré, dit Armand, c'est que je n'ai pas écrit à ma chère mère depuis la veille de notre rencontre. Elle aurait adoré votre histoire ! D'autant que sa grande amie est friande de toutes les nouveautés. Vous avez raison, l'ésotérisme est à la mode à Paris, et Mme Hussenot, cette amie, met un point d'honneur à se tenir à la pointe du dernier cri.

— Mme Hussenot ? reprit Véra. C'est justement une de mes clientes régulières ! Et vous dites que vous n'avez pas écrit à votre maman ? Non, ce ne peut pas être vous… Cette histoire de décalage de 19 jours… Je n'y comprends plus rien…

Sur ces mots arriva à leur hauteur un grand oiseau multicolore.

— Service de traversée du canyon ! Vous montez ou vous restez là ? leur demanda l'employé.

97

Ils demeurèrent interdits quelques secondes et le passeur enchaîna :

— C'est vous, le pont ? vous auriez pu m'attendre, tout de même ! Vous ne m'auriez pas tout détruit comme des dindons… Ce n'est pas pour rien qu'on met des horaires de passage !

Annabelle reprit sa contenance et son esprit scientifique :

— Compte tenu de l'envergure de cet oiseau, je ne pense pas que sa portance soit suffisante pour nous quatre, mais après tout nous sommes au Bizarristan !

Ils montèrent précautionneusement l'un après l'autre sur le dos de l'animal, qui les déposa simplement du côté opposé du ravin en quelques secondes et repartit comme il était venu, sans crier gare.

Ils poursuivirent à pied pendant une petite heure, dans un brouillard qui s'épaississait progressivement autour d'eux. C'est alors qu'ils sentirent le vent sur leurs visages et l'air marin chatouillant leurs narines. La brume se leva et ils virent que l'immense plateau sur lequel ils tâtonnaient depuis deux jours s'arrêtait là : ils étaient arrivés en haut des falaises du Zar. Face à eux, la mer d'un bleu turquoise scintillait dans le soleil rasant. Comblés par cette vision, ils se gorgeaient de cette couleur hypnotique, et ce fut Annabelle qui sortit la première de sa contemplation pour s'apercevoir qu'ils n'étaient pas seuls sur ce promontoire.

À quelques dizaines de mètres à l'est de là passaient des pèlerins bizarristanais. On les voyait ensuite disparaître l'un après l'autre. Annabelle, Véra et Armand les suivirent et découvrirent ainsi que la roche ocre de la falaise permettait une descente en lacets, assez abrupte au demeurant, mais qui semblait bien rejoindre la mer depuis ces 851,32 m de hauteur. Une fois en bas, ils pourraient peut-être admirer de face cette immense paroi trouée de fenêtres, celle de la boule de cristal, et remercier les dix dieux de l'Iygnah s'ils trouvaient la trace de Son Altesse Sala Machacha.

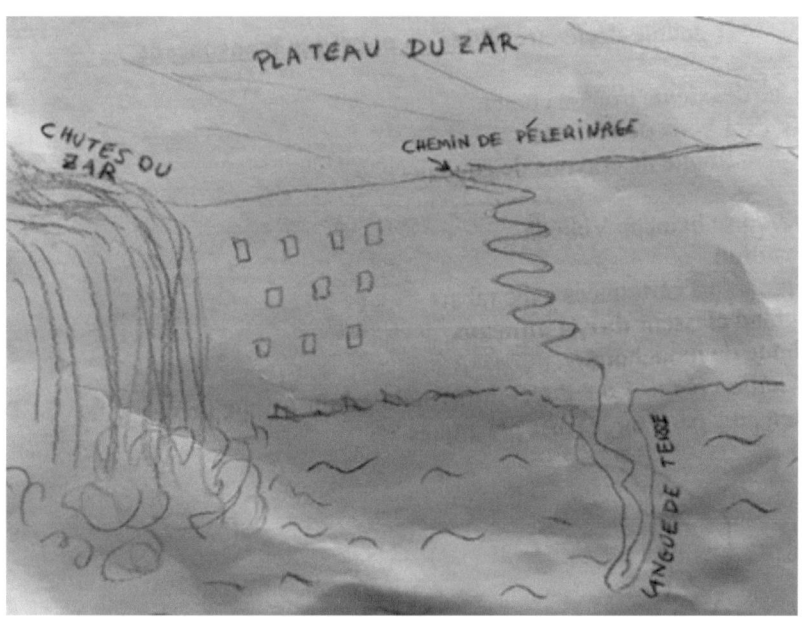

Photographie présumée de Véra Smyrnova

30. Les Aventuriers du rail

Paolo dépaqueta la boîte soigneusement emballée en papier de plumes de dindon recyclées. Elle ressemblait beaucoup au jeu des *Aventuriers du rail* auquel il jouait en France, sauf, bien sûr, que la carte était celle du Bizarristan. Et il y avait très peu de lignes ferroviaires au Bizarristan. La principale était celle qui arrivait d'Istanbul en traversant le désert Fromajou. Elle aboutissait à Bazarbizar. De là, partait une ligne pour le Priscillistan, via Avignonzzz et Marseillezzz, celle-là même qu'ils empruntaient en ce moment. Quelques autres lignes rayonnaient à partir de la capitale, mais aucune ne franchissait les montagnes de l'An. À l'ouest du pays, les voies ferrées étaient remplacées par des chemins pour les charrettes à dindons. Mais la règle du jeu comportait aussi deux particularités singulières. La première concernait la ligne qui traversait le désert Fromajou. Lorsqu'on construit un convoi qui le parcourt vers l'étranger, on subit le décalage temporel et on doit attendre 19 jours pour reprendre la partie. Si on le franchit dans l'autre sens, on doit attendre 19 jours pour que les adversaires veuillent bien commencer la partie. La seconde concernait un moyen de transport inconnu, les trous de ver. Ceux-ci ont la particularité de permettre de voyager instantanément d'un point à un autre. On entre dans un trou de ver et on ressort aussitôt à l'autre extrémité. Le jeu comportait quatre trous de ver. Le premier reliait la gare de Marseillezzz au col du Phaimmurzzz, dans les montagnes de l'An. Le second partait du même endroit et aboutissait aux falaises du Zar. Les deux autres étaient plus énigmatiques. L'un partait aussi de la gare de Marseillezzz, mais sa destination ne figurait pas sur le plateau. Il était conseillé d'acheter une boîte de jeu priscillistanaise pour l'utiliser. Enfin, le dernier prenait naissance aux falaises du Zar, mais on devait posséder le jeu français pour s'en servir. Pourtant, Paolo n'avait pas souvenir que le jeu avec lequel il affrontait ses amis, au *Club des aventuriers de Saint-Côme*, comportât des trous de vers. Il proposa à Georges une partie :

— Pourquoi pas ? Ça nous fera passer le temps.

Paolo entreprit alors d'expliquer les règles à Georges. Quand il eut fini, il conclut :

— Nous ferions peut-être mieux de ne pas construire la ligne du désert Fromajou, car nous n'aurions pas le temps d'achever la partie !

Mais Georges ne l'écoutait déjà plus. Il s'était emparé du livret et semblait passionné par les trous de vers. Il souleva la boîte et vit en petits caractères : *Jeu conçu par François Dunavirre, Marseillezzz*, l'homme à qui il devait remettre une lettre top secrète. Il dit à Paolo :

— Il faut absolument que nous rencontrions l'inventeur de ce jeu !

— Oui, nous pourrons le féliciter !

31. Les trous de vers

— Un trou de ver, avez-vous avez dit ? Quel scoop ! s'exclama Timothée, mais qui êtes vous ?

— Calmez-vous, vous êtes français, c'est bien ça ? Je reconnais votre dialecte.

— Peut-être, mais vous n'avez pas répondu à ma question, répliqua-t-il.

— Je suis Monsieur Dunavirre, spécialiste des paradoxes spatio-temporels et des trous de ver. Mais appelez-moi François, entre compatriotes français.

— François Dunavirre ! Veuillez excuser mon excitation, votre barbe donne des doutes, je vous imaginais priscillistanais. Timothée, reporter au petit XIXe. Je crois savoir que Georges Dupont essaye de vous contacter, c'est bien ça Gustave ?

— Oui, mais l'attaché d'ambassade, Armand Vaubecourt, ne vous connaissait pas, comment cela se fait-il ?

— Mes parents étaient français, mais j'habite au Priscillistan depuis mon enfance. J'ai dû partir clandestinement au Bizarristan pour fuir le régime politique du Priscillistan, tombé sous la dictature. Mais justement, Georges Dupont, c'est mon correspondant de l'ADECE.

— Vous faites donc vous aussi partie d'import-export DTEDR, c'est bien ça ? Mais quel rapport avec les paradoxes temporels ?

103

— Eh bien, comment vous expliquer ça ? Je ne suis pas ici pour les affaires et Georges Dupont non plus d'ailleurs. Voyez-vous, divers trous de vers sont présents dans le monde. Un homme avide de pouvoir pourrait s'en servir pour envahir l'Europe et même le monde. Je fais allusion au Grand Chef à Poils, le dirigeant des Priscillistanais. Je crains qu'il y ait la guerre et que leur chef utilise ces fameux trous de vers quantiques pour ses conquêtes, en particulier celui qui relie les falaises du Zar à Paris.

— Armand, Annabelle et Véra doivent se trouver en ce moment aux falaises du Zar !

François Dunavirre tendit une lettre à Timothée.

— Voici le télégramme de la princesse Sala Machacha, elle désirait me rencontrer. Son jeu préféré ? Les Aventuriers du rail version bizarristanaise, dont je suis l'inventeur. Cette version présente en plus les réels trous de vers quantiques de notre carte, sans dévoiler les deux qui se rendent à l'étranger, celui qui joint Paris aux falaises du Zar et celui qui va de la gare de Marseillezzz au Priscilistan. Ces paradoxes font du Bizzaristan le pays le plus étrange et exceptionnel du monde, mais entre les mains de mauvaises personnes, il pourrait créer des déchirures spatio-temporelles et changer le cours de l'histoire à jamais, un désastre… soupira-t-il. J'ai accompagné la princesse jusqu'aux falaises du Zar, d'où elle est partie à Paris. En revenant par le trou de ver qui aboutit dans cette grotte, j'ai été fait prisonnier par le Yéti.

104

— Nous sommes nous aussi à la recherche de la princesse, que diriez-vous de vous joindre à nous ?

— Volontiers ! s'exclama François.

— Si nous pouvons aller par un trou de ver à Marseillezzz, nous devrions aller chercher Georges et Paolo, puis nous retournerons aux falaises du Zar, conclut Timothée.

Chapeau de Doucet

32. Sala Machacha

Voilà la princesse devant un magasin de la rue de la Paix. La large et haute vitrine est masquée par des rideaux fleuris. En lettres calligraphiées aux courbes arrondies, on y lit : Doucet Paris. Ce nom sonne douillettement aux oreilles de Sala, elle décide d'entrer. Elle entre. Il s'agit d'une maison de couture, lui semble-t-il. Sala se dit qu'elle a vraiment de la chance d'arriver à cet endroit ; quoi de plus facile maintenant pour assister à une présentation de modèles de haute couture.

On la fait entrer dans un salon, on lui dit de s'asseoir. Les sièges sont recouverts d'étoffe brochée de soie et de fils d'or assortie aux lourdes tentures qui encadrent les ouvertures donnant sur une cour pavée. Des calèches richement équipées y sont rangées ; les cochers, en uniformes impeccables brochés au fil d'argent du signe de leur maison, sont rassemblés sous une tonnelle où une vigne grimpe avec assurance.

On lui offre du thé, on lui présente un plateau harmonieusement garni de petits-fours. On la traite comme une princesse, comme si on l'attendait ! Mais n'est-elle pas une princesse ? Comment l'a-t-on reconnue alors qu'elle voyage incognito dans une tenue ordinaire ?

Avant de vous présenter ses modèles haute couture, la Maison Doucet vous prie d'accepter un cadeau de bienvenue. Nous avons été informés de votre passion pour les jeux d'aventure et nous souhaitons que la version française des Aventuriers du rail soit à votre goût.

Les lumières des lampes électriques s'éteignent ; le salon est plongé dans le noir. Un grand rideau s'ouvre maintenant et découvre une scène illuminée où de jeunes femmes en tenues élégantes évoluent avec grâce.

Sala n'a jamais vu d'aussi belles toilettes. C'est une avalanche de plumes, de dentelles, de soieries indiennes, de guipures, organdi, damas, fourrure, tulle, taffetas, velours.

Elle voit des robes aux manches noires à crevés blancs serrés de perles et ornés de guipures.

Elle admire l'ambre, un peu jaune, se mariant avec la soie des manteaux.

Elle apprécie moins la robe à sept volants, bordés d'une grecque d'une autre couleur, tombant sur une jupe gigantesque.

Elle est amusée par les couleurs des corsages de taffetas changeant.

Elle rêve devant un manchon d'hermine et une pelisse de soie bleue doublée de riches fourrures.

Elle applaudit pour un chapeau de feutre à bord rond, orné de plumes dont la dernière se contourne en panache sur les épaules de la dame et les autres se recroquevillent en bouillons.

La représentation est terminée, le rideau se referme.

Mademoiselle a fait son choix, on le lui emballe dans un grand carton à chapeau. Puis elle quitte la boutique et hèle un fiacre.

La princesse à Paris

La gare de Marseillezzz

33. Marseillezzz

Alors que Paolo et Georges en étaient à leur troisième partie des Aventuriers du rail, le train freina brusquement. On entrait en gare de Marseillezzz.

— Nous n'avons pas un instant à perdre, dit Georges. Il faut que nous trouvions ce François Dunavirre.

— Mais il y a beaucoup de monuments à visiter à Marseillezzz, répondit Paolo. Pourquoi est-il urgent de féliciter ce Monsieur Dunavirre pour son jeu ?

— Ce n'est pas pour ça. J'ai une lettre secrète à lui remettre et je soupçonne qu'il doit en savoir beaucoup sur les trous de vers. Mais comment trouver où il habite ?

— Vous n'avez pas bien lu la règle. Son adresse est écrite en tout petit : 10,534 rue du Maréchal Patapouf.

Ils descendirent sur le quai et se dirigèrent vers la sortie. La place de la gare était très animée. De nombreuses charrettes tirées par des dindons et des taxis-vaches se croisaient sur la chaussée et leurs cochers échangeaient des injures :

— Va donc, espèce de Priscillistanais !

— Avance, Patapouf !

Ils virent un panneau *Station de métraxis*. Ils montèrent à l'arrière d'un véhicule vert à pois roses et donnèrent au chauffeur l'adresse de Dunavirre. Le conducteur démarra et leur demanda :

— Vous n'êtes pas trop serrés ?

— Si, un peu, répondirent-ils. C'est étroit, un métraxi !

— C'est normal expliqua le chauffeur, ils font un mètre de large. En général quand on est deux, on prend un double-métraxi.

Paolo s'était assis sur les genoux de Georges et reprit la conversation avec le chauffeur :

— Qui est ce maréchal Patapouf ?

— C'était le chef de l'armée priscillistanaise. Il avait horreur du sport et interdisait à ses soldats de faire de l'exercice. Il leur distribuait sans cesse des bonbons et lui-même était si gros qu'on devait le transporter sur le champ de bataille en chaise à dindons.

— Et on a donné son nom à une rue du Bizarristan ?

— Oh même à plusieurs rues ! À Marseillezzz, toutes les rues portent son nom. C'est grâce à lui que l'invasion priscillistanaise a échoué en 1647 et que depuis, nous vivons en paix. Voilà, vous êtes arrivés.

Ce n'est qu'une fois sorti du métraxi que Georges se demanda, si toutes les rues s'appellent Maréchal Patapouf, comment le chauffeur avait fait pour trouver la bonne. Mais il était trop tard pour lui poser la question.

Au pied du 10,534, immeuble à 12,3 étages, ils rencontrèrent la concierge qui habitait au dernier, mais qui descendait les poubelles. Ils lui demandèrent à quel étage résidait François Dunavirre. Elle répondit :

— Il n'est pas là, il est allé à la gare.

— Vous savez où il est parti ?

— Il a parlé du col du Phaimmurzzz, mais il n'y a aucun train pour cette direction. Je l'ai aussi entendu prononcer le mot GTV ou quelque chose comme ça…

Dépités, Georges et Paolo décidèrent de retourner à la gare, mais cette fois, ils firent signe à un double-métraxi. Paolo pouvait prendre ses aises et étirer ses jambes. Il pensa à voix haute :

— Je me demande bien ce qu'est un GTV.

— Peut-être un Grand Trou de Ver, répondit Georges.

Chunlz et son grand-père

34 .Un nouveau tour

La grotte du yéti s'obscurcissait progressivement. Il était bientôt l'heure de se remettre en recherche de la princesse. François Dunavirre proposa :

— Vous n'avez sans doute jamais fait l'expérience des trous de vers… La sensation sur le moment est assez déstabilisante et peut provoquer des haut-le-cœur, mais ne dure qu'une fraction de seconde. Comme nous accèderons instantanément de l'autre côté du trou de ver, vous n'aurez réellement rien senti. Pourtant une fois arrivé, l'impression nauséeuse peut persister quelques minutes, voire quelques heures si vous êtes sensibles de l'estomac. Mais le jeu en vaut la chandelle, jamais vous ne pourrez vous retrouver aussi vite dans un autre pays depuis le Bizarristan ! Allons donc chercher vos amis par ce trou de ver.

François Dunavirre était prêt à y plonger, lorsque Chunlz l'arrêta :

— Attendez ! Depuis que j'ai compris qui était Gustave, j'ai aussitôt invoqué mon grand-père afin qu'il puisse faire sa connaissance. Je pense qu'il serait très ému de rencontrer le descendant de son plus vieil ami.

— Mais, comment avez-vous pu ? Où donc se trouve votre grand-père ? répliqua Gustave

— Vous savez, dans notre peuple, on vit partout et nulle part. Mon grand-père peut être ici d'un instant à l'autre, à partir du moment où il accepte que je le dérange bien entendu. Il a entendu mon appel, mais je ne sais pas sous combien de temps il pourra être ici.

— Si tu t'arrêtais de parler, excrément de limace, tu te rendrais peut-être compte que je suis déjà ici, rouspéta une voix marquée par l'âge, que Chunlz connaissait bien.

Chunlz se retourna, et soufflant tout autour de lui, fit apparaître le visage d'un vieil homme, flottant dans l'air à ses côtés. Il se mit à rire et à sautiller de joie devant Timothée, Gustave et François Dunavirre, qui restaient abasourdis.

— Termine au moins le travail que tu as commencé, nom d'un snotuom, tu sais bien que je n'aime pas venir qu'à moitié ! J'étais en train de jouer aux Aventuriers du rail avec des amis, j'espère que tu m'as interrompu pour une bonne raison ! rouspéta de nouveau la voix âgée, qui désormais provenait du visage d'un vieux barbu aux yeux fermés par de grosses paupières ridées.

Chunlz persévéra à souffler dans la continuité du visage flottant afin de faire apparaître le vieux, tout entier cette fois. Le grand-père frotta ses yeux fermés et sembla regarder dans la direction de Gustave, bien qu'il fût évident qu'il ne voyait rien. Son visage s'illumina, et sa bouche se tordit en un sourire édenté.

— Sacré petit cachottier de salle de bains ! Gontran a donc fini par trouver quelqu'un qui voudrait bien lui offrir de la descendance ! Je n'en crois pas mes rideaux froissés !

116

Il s'avança vers Gustave et lui prit les mains. Après les avoir caressées de ses doigts fripés, semblant les reconnaître, il les retourna dans tous les sens, puis lui demanda sèchement :

— Où est ta baguette ?

Gustave, interdit, sortit sa baguette de sa poche et la lui montra, tentant de faire bonne impression au vieil homme. Ce dernier l'inspecta, puis s'éloigna quelques minutes. Personne n'osait le suivre ni lui demander quoi que ce soit, tant il impressionnait par sa verve inattendue. Chunlz en profita pour s'expliquer :

— Mon grand-père est très heureux de vous rencontrer. Il est un peu étrange, mais il veut juste faire quelque chose pour vous. Je suis à peu près certain qu'il va ajouter un pouvoir à votre baguette magique.

Après quelques minutes, le vieux revint vers le groupe et rendit la baguette à Gustave :

— Voilà, je l'ai remise à neuf. Elle marche encore pas trop mal, j'y ai retrouvé les anciens tours que j'ai appris à Gontran, ils sont en plutôt bon état. Je t'en ai rajouté un, au cas où, il te sera peut-être utile.

Gustave releva des yeux embués vers le vieux, qui se tourna vers Chunlz :

— Allez, j'y retourne, morve d'asticot, merci de m'avoir dérangé pour ça. On se revoit dimanche pour le dindon familial.

Il commença alors à souffler sur sa main, qui disparut alors. Avant qu'il continue, Gustave l'interrompit :

— Si vous aviez l'amabilité de m'expliquer la nature du tour que vous avez ajouté à ma baguette ? demanda-t-il avec le plus de précautions possible dans le ton de sa voix.

Le vieux se tourna vers lui. Ses yeux fermés, mais insistants l'impressionnaient. Il tenta de soutenir ce non-regard du sien. Le vieux s'approcha lentement, il ne souriait plus du tout et semblait même fâché.

— Comment ai-je pu… mais comment ai-je pu ? (Gustave tremblait, mais essayait de le cacher) comment ai-je pu oublier de te l'expliquer ?

Ses épaules se secouaient, on aurait pu penser qu'il riait, mais aucun son ne sortait de sa bouche. Il enchaîna rapidement avec ses explications :

— Je t'ai juste ajouté la télépazzzie. Tu regardes ta cible, tu lui pointes la baguette au niveau du front avec le bras gauche, ton bras et ton avant-bras devant faire un angle de 87 degrés. Tu penses à la formule, pas besoin de la prononcer sauf si tu veux avoir l'air ridicule. Si tu as respecté toutes les conditions, ta cible pensera exactement la même chose que toi, tu peux donc lui faire penser à peu près ce que tu veux. Attention, n'en abuse pas, je n'ai chargé ta baguette que pour trois télépazzzies. Il faut vraiment avoir besoin d'impressionner une demoiselle pour l'utiliser.

118

Gustave eut alors la sensation que le vieux lui adressait un clin d'œil de l'un de ses deux yeux fermés, Gustave le remercia chaleureusement, pleurant presque de gratitude. Le vieux s'était mis à souffler sur ses mains, ses bras et ses jambes, et lorsqu'il ne restait plus que son tronc, Gustave s'écria en un éclair de lucidité :

— Et la formule ?

Le vieux lui jeta de nouveau un regard fâché, mais secouant les épaules flottantes qui lui restaient, Gustave comprit qu'il riait encore de sa propre distraction.

— La formule ? C'est tout ce que je viens de t'expliquer. Tu t'en souviens, j'espère ?

De nouveau, on put voir le clin d'œil fermé, et assister à la disparition, cette fois totale, de ce drôle de personnage.

Les falaises du Zar

35. Les falaises du Zar

Annabelle, Véra et Armand venaient de terminer leur longue descente, leur sac bien à dos, quand un pèlerin leur bloqua la route et leur dit d'une voix rauque.

— On ne passe pas, c'est réservé aux pèlerins, et vous n'avez pas vos dix plumes.

— Nos dix plumes ? demanda Armand.

— Seuls ceux qui ont passé les dix sacrements des dieux de l'Ygnah peuvent obtenir les dix plumes de dindon roux qui permettent le passage sur cette langue de terre sacrée. Vous n'avez pas vos dix plumes. Les feuilles d'inscription pour le premier sacrement sont ici, expliqua le pèlerin.

Véra, visiblement fâchée, les prit des mains du pèlerin et les jeta à l'eau.

Annabelle saisit ses compagnons par les bras, les emmena à l'écart et leur expliqua qu'elle avait un plan.

— Avec notre matériel et ce que nous ramènerons, je pense que nous pouvons tout à fait fabriquer une machine pour contourner cet ennuyeux personnage par la mer.

Véra demanda :

— Vous pouvez vraiment construire ça ? Ça nous prendra très longt…

Véra ne put pas terminer sa phrase. Armand la coupa et s'extasia :

— Dès que je vous ai vue, j'ai su que vous étiez une femme remarquable, et que vous auriez des idées pour nous sortir des situations difficiles.

Annabelle reprit :

— Les seules choses qui nous manquent, ce sont de la corde et des planches…

— Mais oui ! Bien sûr ! Retournons au pont de la Jmortzzzz ! Il y a exactement ce que nous cherchons là-bas !

— Excellente idée : ce sera parfait !

Alors qu'ils entamaient leur chemin pour remonter sur le plateau, Véra trébucha soudainement sur une pierre mal placée. Elle se releva, mais eut tout de suite besoin de s'appuyer. Annabelle demanda à regarder sa jambe.

— Votre cheville gonfle rapidement. C'est une entorse. Il vous faut du froid, un bandage et une attelle. Armand, j'ai vu un Jcryopyrozzz un peu plus haut. Un arbre au tronc très droit avec des branches qui descendent tout près du sol.

— Je reconnais qu'un bouquet fera sûrement plaisir à Véra, mais ne disiez-vous pas qu'il lui fallait une attelle ?

— Ces fleurs sont très spéciales. Elles refroidissent au contact de l'eau, ça soulagera sa douleur. Et justement, elles sont également un combustible à très bon rendement : pour notre machine à vapeur, ce sera l'idéal.

Après avoir soigné Véra et l'avoir laissée sur le bord du chemin pour garder les affaires, car le pèlerin des inscriptions les surveillait à distance, Annabelle et Armand reprirent la route en sens inverse pour aller chercher les planches et les cordes du pont écroulé. Sur le chemin, Annabelle parla à Armand de son herbier bizarristanais presque complet.

— Ces fleurs de Jcryopyrozzz sont fascinantes, vous ne trouvez pas ?

— Annabelle, c'est vous qui me fascinez ! Vous êtes donc une botaniste experte en plus d'avoir des connaissances en médecine, et des compétences d'ingénieur prête à inventer un canot à vapeur au pied levé en matériaux bizarristanais… Vraiment Annabelle, je n'ai jamais rencontré une femme comme vous !

— J'ai eu de bons professeurs, voilà tout. Mon oncle et mon père. Mais ils sont morts et je perpétue la passion familiale. C'est parfois un peu sérieux tout cela, et j'apprécie comme vous prenez toute situation avec flegme et humour.

— Une situation ? Je ne vois pas de quoi vous parlez. Nous sommes simplement empêchés par des encapuchonnés qui veulent nous compter les plumes : rien de plus banal.

Annabelle éclata de rire.

Le temps d'aller au pont de la Jmortzzz, Armand et Annabelle se connaissaient déjà mieux, et le temps d'en revenir ils avaient envie de se connaître encore mieux. Ils arrivèrent auprès de

Véra avec planches et cordes dans les bras. Annabelle défit son bandage pour placer l'attelle et s'exclama :

— Mais Armand, vous avez trouvé une fleur de Jcryopyrozzz à deux pétales ! C'est très rare. Les bizarristanais pensent que ça porte malchance et les priscillistanais sont convaincus du contraire.

— Moi je ne crois pas à toutes ces idioties ! répliqua Véra, à la surprise des deux autres.

Peu après, le canot fut construit, les planches du pont rattachées avec les cordes, certaines pour former une roue à aubes, les autres pour constituer le radeau où ils prendraient place. Les fleurs de Jcryopyrozzz furent mises à feu. Grâce à un réservoir d'eau de mer qu'elles chauffaient rapidement, ce dispositif ressemblait en effet fortement à une machine à vapeur. Une fois sur l'eau, nos amis s'approchèrent du bas de la falaise. Ils entendirent les cris stridents des pèlerins qui les menaçaient de loin. La paroi était pratiquement verticale, de cette jolie couleur jaune orangé qu'ils avaient vue dans la boule, et de part en part on y voyait des renfoncements rectangulaires de la hauteur d'un étage. Certains étaient bien plus hauts qu'eux sur la falaise, d'autres affleuraient l'eau. Plus précisément, ils s'approchèrent de la fenêtre de pierre la plus proche. Armand la touchait presque. Il vit une petite lumière blanche qui lui donna l'envie de toucher la fenêtre. C'est alors qu'il se retourna vers ses amies d'un air vide et leur demanda :

— Qu'est-ce que je fais là ? Nous nous connaissons ?

124

36. Panique en gare

Jeanz-Charlesz Dutrouz était guichetier à la gare de Marseillezzz depuis 24 ans. Comme tous les matins, il avait remonté le rideau de fer de son guichet et s'y était installé. Il aimait ce travail routinier, retrousser ses manches, prendre sa plume, la tremper dans l'encre, recevoir ses clients à travers sa vitre, les renseigner, leur délivrer un billet en bonne et due forme. Il avait fermé son rideau pour la pause de midi et remplissait son registre avec le plus grand soin. Une goutte fit baver son Z. Jeanz-Charlesz Dutrouz s'essuya le front. Étonné de le trouver sec, il rectifia la bavure et se remit au travail. Un grattement au-dessus de lui le fit lever la tête. Rien. Il reprit sa plume et termina sa ligne. Satisfait de son travail, il contempla sa feuille, quand une ombre vint assombrir son registre. Persuadé qu'il s'agissait de sa propre ombre, il se décala. L'ombre ne bougea pas. Il leva lentement la tête, et une substance humide et froide lui atterrit sur le front et les yeux. Il eut juste le temps d'essuyer la boule de neige qu'une masse de fourrure blanche lui tomba dessus, faisant basculer son tabouret et projetant sa tête contre le mur du guichet. Des points noirs assombrissant sa vue, il regarda le yéti s'éloigner en grognant.

*

*   *

Georges et Paolo arrivèrent à la gare de Marseillezzz et furent étonnés de la trouver sens dessus dessous. Des gens couraient dans tous les sens, des malles et des sacs étaient abandonnés un peu partout, des enfants hurlaient et de la neige avait recouvert le hall. Nos deux amis se dirigèrent vers un des nombreux guichets afin de se renseigner sur l'étrange pagaille qui régnait dans la gare. Ils n'y trouvèrent personne. Au guichet suivant, on voulut bien leur expliquer qu'un yéti était tombé sur un guichetier, et avait déambulé dans la gare avant de disparaître subitement dans les environs de la voie 37,4. Georges et Paolo partirent dans la direction indiquée. Ils croisèrent sur leur chemin quelques voyageurs qui se remettaient de leurs émotions. Un petit garçon disait à sa mère :

— Mais si, mais si ! Je l'ai vu, le yéti !! Il a disparu là !

— Mais non enfin ! On ne peut pas disparaître lorsqu'on passe derrière un heurtoir ! Calme-toi !

*

*   *

Jeanz-Charlesz Dutrouz se releva pantelant, et malgré son crâne qui le faisait atrocement souffrir, il commença à remettre de l'ordre dans son petit bureau tout en réfléchissant à toute vitesse. Pourquoi lui ? Pourquoi son guichet ? Pourquoi un yéti ? Pourquoi ? Pourquoi ? POURQUOI ?

Il avait presque terminé son rangement. Il s'assit, reprit sa place sur son tabouret, prit sa plume et son registre, qui étaient par terre, pour les poser sur le bureau quand un grand pied se posa dessus et imprima son empreinte sur une page encore vierge. L'homme sauta à terre. Furieux, Jeanz-Charlesz Dutrouz s'apprêtait à protester quand quelqu'un tomba derrière lui dans un bruit sourd. L'inconnu étouffa une plainte, se releva et sortit du bureau en se frottant le dos. Jeanz-Charlesz Dutrouz, tremblant, leva la tête. Il vit un complet pantalon à motif prince-de-Galles puis une tunique traditionnelle des sherpas orange. C'est à ce moment-là qu'il décida d'aller se cacher sous son bureau.

*

*   *

Georges, qui avait une oreille très fine, entendit quelqu'un crier le nom de Paolo. Il se retourna et vit Timothée, vêtu d'une robe, arriver en courant suivi de Gustave et de deux autres hommes qui peinaient manifestement à suivre la course effrénée du journaliste.

— Mais que faites-vous là ? leur demanda Georges en tirant de justesse sur le bras de Paolo qui approchait dangereusement sa main de la légère distorsion de l'espace derrière le heurtoir de la voie 37,4.

— Nous sommes passés par un trou de ver, s'écria Timothée avant de regarder aux alentours pour voir si quelqu'un les avait entendus.

— Il ne cesse de nous arriver des choses extraordinaires ! Et là, nous poursuivons un yéti qui avait emprisonné Timothée ! C'est en passant dans le même trou de ver que lui que nous sommes arrivés ici, expliqua Gustave en s'épongeant le front grâce à un mouchoir brodé de ses initiales.

— Incroyable ! s'exclama Paolo, nous sommes également à sa poursuite ! C'est lui qui a semé la panique et le désordre dans la gare.

— Où est-il maintenant ? questionna un petit homme avec une grosse barbe aux poils drus, également habillé d'une robe. Enfin, je me présente, je me nomme François Dunavirre, spécialiste en paradoxes spatio-temporels et en trous de ver.

— Monsieur Dunavirre ! Je suis justement à votre recherche ! Je suis Georges Dupont et je travaille à l'ADECE, lui dit Georges en lui lançant un regard entendu. Je dois vous remettre cette lettre.

François Dunavirre prit la lettre que lui tendait Georges, l'ouvrit et la lut. Comme il vit que tout le monde l'observait, il reprit la parole :

— Je crois qu'il est temps de vous révéler certaines choses.

Après avoir reçu l'assentiment discret de Georges, il déclara :

— Cette lettre me charge de boucher les quatre trous de ver du Bizarristan. Le yéti a dû emprunter celui qui mène au Priscillistan. Ma priorité est de ramener le yéti dans ses montagnes.

— Je vous accompagne, s'exclama Timothée, ravi par la perspective d'un nouveau reportage sur les yétis.

128

— Moi aussi, déclara Paolo qui n'avait encore jamais vu de yéti et comptait bien en rajouter quelques-uns à l'extraordinaire récit de voyage qu'il raconterait à ses amis.

Tout le monde se porta volontaire pour accompagner M. Dunavirre dans le trou de ver qui allait au Priscillistan sauf Chunlz qui avait éternué et était parti dévaliser les quelques personnes qui restaient dans le hall.

*

*   *

Jeanz-Charlesz Dutrouz finit par préparer ses affaires tout en jetant de petits regards craintifs vers le plafond de son guichet. Il ferma la porte de son petit bureau avec difficulté tant il tremblait. Il se promit intérieurement de réclamer sa mutation au chef de gare. Après 24 ans de service, il l'avait bien méritée !

En passant aux alentours de la voie 37,4, il eut tout juste le temps de voir, avant le passage du train de 17 h 1 min et 58 s, cinq hommes sauter derrière le heurtoir et disparaître.

Au pied des falaises

37. Le malheur d'Armand

Armand était malheureusement devenu amnésique.

— Mais oui, nous nous connaissons, nous sommes Véra et Annabelle, vos compagnes de voyage. Nous avons une mission à accomplir ensemble, dit Véra.

— Eh bien, je suis enchanté de faire votre connaissance, répondit Armand.

— Annabelle, je crois que Armand est devenu amnésique…

— Mais qu'allons-nous faire ? Nous avons besoin de sa force d'homme, nous n'allons pas survivre sans lui, toutes seules, dans la nature, dit Annabelle. Ne pouvez-vous pas utiliser votre boule de cristal pour essayer de trouver une solution ?

Pendant qu'elles se concertaient, ils débarquèrent.

— Comme je l'ai déjà dit à Armand, on ne voit rien dans ma boule de cristal. Ce n'est qu'un article de pacotille trouvé au bazar de la porte Saint-Martin. Elle ne nous servira à rien.

— Mais il faudrait trouver une solu…

Mais Annabelle s'interrompit :

— Véra… Armand a disparu…

— Oh non, il ne nous manquait plus que ça…

— Il faut le retrouver !

Pendant ce temps, Armand s'était dirigé vers un trou de ver. Le vent soufflait, l'entrée du trou de ver était énorme, c'était un tourbillon d'un magnifique bleu turquoise. Armand s'approcha un peu plus, puis se fit aspirer dans le trou de ver...

38. Incursion au Priscillistan

Un promeneur qui se serait trouvé sur la place du Maréchal Patapouf aurait pu assister à un spectacle étrange au pied de la statue du héros national. Cinq hommes hébétés, les cheveux ébouriffés, sortaient d'une petite porte métallique, dans le socle de la statue, et tentaient de reprendre leurs esprits. L'un était vêtu d'un costume prince-de-Galles, le second portait un chapeau haut de forme et un smoking recouvert d'une cape. Deux autres étaient vêtus de robes de petites filles modèles, l'un portant un appareil photo en bandoulière, l'autre arborant une longue barbe à la mode priscillistanaise. Seul le cinquième n'avait pas le moindre signe distinctif.

Mais il n'y avait aucun promeneur sur la place et personne ne remarqua cette étrange compagnie dans laquelle le lecteur attentif aura reconnu nos héros qui venaient d'émerger du trou de ver.

— C'est comme un parc d'attractions, mais sans file d'attente, fit remarquer Paolo.

Pendant ce temps, François Dunavirre scrutait les sept avenues qui convergeaient vers la place. Elles étaient toutes désertes, mais de l'une d'entre elles émanaient une sourde rumeur et on pouvait apercevoir par-dessus les immeubles, la trajectoire balistique de nombreux objets parmi lesquels on distinguait nettement un poêle en fonte, un piano à queue et un rouleau compresseur.

— Il doit être parti par là. Suivez-moi ! lança Dunavirre.

La troupe s'élança à sa suite dans l'Impasse du Grand Chef à Poils. Au Priscillistan, toutes les rues s'appellent « impasse », à moins qu'elles ne se terminent en cul-de-sac. Dans ce cas, elles peuvent prendre le nom de boulevard, avenue, cours, allée, chaussée ou même « copière » pour les plus prestigieuses. L'impasse, une des plus commerçantes du centre-ville de la capitale priscillistanaise était jonchée de débris de toute sorte. On entendait au loin des cris de panique. Une enclume atterrit aux pieds de Timothée et creusa un cratère dans le sol. Mais cela ne ralentit pas la course de nos aventuriers.

Soudain, la rumeur se calma et ils virent que la foule avait formé un grand cercle autour d'une vitrine. Le yéti était rentré dans un magasin de barbe à papa et dévorait tout le stock, semblant même avoir une préférence pour le parfum « siacacca ».

— Nous l'avons trouvé, dit Georges. Mais comment allons-nous le maîtriser ?

— J'ai peut-être une idée, répondit Gustave.

Il entra dans la boutique et pointa sa baguette magique vers le yéti en lui parlant. Puis, ils sortirent tous les deux et la foule recula. Mais le yéti semblait totalement paisible maintenant.

— Que lui avez-vous dit ? demanda Dunavirre ?

— J'ai utilisé le tour de télépazzie que m'a enseigné le grand-père de Chunlz. Maintenant, il va nous accompagner à la statue du Maréchal Patapouf et nous laisser repartir. Puis, il restera là paisiblement en interdisant à quiconque l'entrée du trou de ver.

Il s'adressa alors aux priscillistanais et leur expliqua qu'ils n'avaient plus rien à craindre du yéti à condition qu'ils lui apportent tous les jours sa ration de barbe à papa, parfum « siacacca ».

— Combien ? demanda un priscillistanais.

— Beaucoup ! répondit Gustave.

Ce n'est qu'au moment où ils s'apprêtaient à rentrer dans le socle de la statue que Dunavirre demanda :

— Nous n'étions pas cinq ?

À ce moment, ils entendirent un cri de l'autre bout de la place :

— Attendez-moi !

Ils virent Paolo courir avec un paquet à la main. Essoufflé, il leur cria :

— Je l'ai trouvé ! Je l'ai trouvé !

— Mais quoi ? répondirent ses compagnons en chœur.

— Un jeu priscillistanais des Aventuriers du rail !

Statue du maréchal Patapouf

39. De trou de ver en trou de ver

À la gare de Marseillezzz, le calme était revenu. Chunlz avait sans doute éternué un nombre impair de fois depuis le départ du groupe et les attendait sagement près du heurtoir de la voie 37,4 où il les vit réapparaître.

— Est-ce que nous devons boucher ce trou ? demanda Timothée.

— C'est inutile, dit François Dunavirre. Si quelqu'un l'emprunte par hasard, le yéti le renverra ici.

Ils se rendirent alors au guichet de Jeanz-Charlesz Dutrouz qui, heureusement, était parti se reposer sur les conseils du médecin ferroviaire et avec la bénédiction du chef de gare. Le trou de ver était difficile à atteindre, car il était situé au plafond du minuscule réduit dans lequel Jeanz-Charlesz Dutrouz se tenait depuis 24 ans. Ils durent se faire la courte échelle en montant sur son tabouret. Chunlz, qui les hissa l'un après l'autre sur ses épaules, s'agrippa finalement aux pieds de Paolo et tout le monde put quitter la gare.

Ils se retrouvèrent dans la grotte du yéti et François Dunavirre sortit des bâtons de dynamite de sa besace.

— Puisque les deux trous de ver arrivent dans cette grotte, nous n'avons qu'à la faire sauter pour faire d'une pierre deux coups.

Il installa les explosifs et une mèche. Tous entrèrent dans le trou de ver qui conduisait aux falaises du Zar. Dunavirre alluma le cordon et les suivit.

— Ne poussez pas ! s'écria Paolo.

Ils étaient tous les six entassés sur une étroite plateforme creusée dans les falaises et surplombant la mer de plus de trente mètres.

— Comment allons-nous sortir de là ? demanda Timothée.

Mais Dunavirre faisait de grands signes et un oiseau multicolore s'approcha de la falaise. L'employé les invita à prendre place. Quand ils furent sur le dos de l'oiseau, celui-ci prit son envol.

— Avez-vous vu dans les parages deux jeunes femmes accompagnées d'un diplomate ? demanda Georges.

— Il y a deux jeunes femmes plus loin, mais elles sont seules, répondit-il.

À ce moment précis, Chunlz éternua.

— Attention ! cria Gustave.

Puis Chunlz éternua à nouveau. Puis encore une fois, puis encore, puis encore, puis encore.

— Ça fait combien de fois ? demanda Gustave.

— Six ou sept, répondit Paolo.

— Aucun intérêt, c'est la parité qui compte !

Mais le nombre d'éternuements devait être pair, car Chunlz se tint tranquille jusqu'à l'atterrissage de l'oiseau sur le rivage, près d'Annabelle et Véra. Les compagnons se retrouvèrent avec beaucoup de joie et d'émotion. Mais aussitôt, Annabelle et Véra apprirent aux autres tant l'amnésie que la disparition d'Armand. Elles leur montrèrent l'emplacement où il avait disparu.

— C'est par là que la princesse est allée à Paris, dit François Dunavirre.

— J'ai toujours rêvé de visiter Paris ! Je vais les chercher, dit Paolo.

Et il disparut dans le trou de ver.

La bibliothèque de Georges Dupont

40. La bibliothèque de Georges

Quand Paolo arriva au bout du tunnel qu'il venait d'emprunter sans vraiment réfléchir aux conséquences, il dut franchir une sorte de clapet de bois qui pivota lorsque son crâne le percuta. Même si le choc fut bref, il parvint à assommer l'intrépide voyageur qui eut du mal à se remettre sur ses jambes. Paolo avait atterri sur son postérieur et une grosse bosse s'épanouissait sur le sommet de son crâne. Ce n'était pas son premier voyage, mais celui-ci lui sembla le plus éprouvant.

Après avoir retrouvé ses esprits, il déduisit de ses observations que le lieu dans lequel il se trouvait maintenant était une bibliothèque. Les rayons de livres grimpaient jusqu'au plafond, les boiseries sentaient bon l'encaustique. Sur le dernier barreau de l'échelle coulissante, un individu feuilletait un volume imposant à tranche dorée et reliure de cuir. Tout absorbé dans sa lecture, il n'avait pas été dérangé par l'atterrissage bruyant et périlleux de Paolo.

— Monsieur, dit Paolo, je vous prie d'excuser mon intrusion.

C'est alors que l'homme perché, surpris, se retourna et fit tomber le livre qu'il tenait. Paolo le reconnut instantanément.

— Vous êtes Armand ! Quelle joie de vous revoir sain et sauf !

Si Armand était bien sauf, malheureusement il n'était pas vraiment sain puisqu'il souffrait d'amnésie. Paolo le vérifia aussitôt.

— Mon cher Armand, savez-vous où nous nous trouvons ? À qui appartient cette bibliothèque ?

Armand lui donna en réponse un sourire béat. À quoi bon le questionner, se dit Paolo, Annabelle et Véra m'avaient prévenu. Paolo ramassa le livre qu'Armand avait laissé tomber. Son titre « Voyages spatio-temporels » intrigua Paolo. Sur la première page, en haut à droite on pouvait lire en lettres calligraphiées « Georges Dupont ».

— Nous sommes dans la bibliothèque de Georges Dupont, nous sommes bien à Paris. Armand, venez avec moi, nous allons retrouver la princesse.

Il tendit la main à Armand pour l'aider à descendre de l'échelle. C'est alors qu'il lut, sur le calendrier rotatif posé sur le bureau, une date qui l'intrigua : l'indication était celle de 19 jours auparavant. Ou bien ce calendrier n'était pas à jour, mais il ignora cette hypothèse, car il savait que Georges était non seulement très ordonné et très méticuleux, mais encore parfaitement ponctuel.

Ou bien ce calendrier était à jour et le passage dans le trou avait permis une remontée dans le temps. Dans ce cas, se dit Paolo, Georges n'est pas encore parti de chez lui ! Nous risquons de le rencontrer et de provoquer une catastrophe temporelle. Un frisson d'angoisse parcourut l'échine de Paolo quand il entendit des pas derrière la porte fermée de la pièce.

Georges entra et se dirigea vers son bureau. Une lourde tenture fit office de cachette pour notre duo, pendant que Georges très préoccupé se concentrait sur la lecture d'une lettre. Paolo et Armand purent alors se faufiler sans bruit hors de l'appartement.

Ils dévalèrent les étages sans prendre l'ascenseur, franchirent les portes vitrées du grand vestibule de l'immeuble et se retrouvèrent sur une grande avenue. En cherchant la plaque de rue indiquant le nom de l'artère, Paolo se figea devant un rectangle de cuivre fixé par quatre clous à tête ronde du même métal à côté de la porte cochère, sur lequel il lut : Véra Smyrnova, voyance.

Annabelle expérimentant des potions

41. Annabelle au laboratoire

Après la disparition de Paolo dans le trou de ver, Annabelle dit aux autres :

— Bon, maintenant, il faut qu'Armand retrouve la mémoire.

— Oui, mais comment allons-nous faire ? dit Véra.

— D'après ce que j'ai cru comprendre, il y a des laboratoires à l'ouest, je crois qu'on y fabrique des élixirs de longue vie. Ils doivent également y fabriquer d'autres potions… Il faudrait qu'un de nous y aille pour préparer un remède à son amnésie.

— Annabelle, tu es chimiste et botaniste, c'est toi qui dois y aller, dit Gustave.

— Je t'accompagne, dit Véra.

C'est ainsi que Véra et Annabelle débutèrent leur voyage vers les laboratoires de l'Ouest.

*

*   *

En fin de journée, elles arrivèrent épuisées au laboratoire. Une petite dame en talons hauts lisait un livre sur son bureau.

— Jbonjourzzz, dit la petite dame.

— Jbonjourzzz, dit Annabelle, jvouszzz jparlezzz jfrançaiszzz ?

Par grande chance, la petite dame comprenait le français :

— Jouizzz, bien sûr… Que puis-je faire pour vous aider ?

— Nous avons un ami amnésique, nous sommes venues ici pour essayer de trouver un remède. Pensez-vous que vous nous laisseriez accéder à vos laboratoires ? dit Véra.

— Je pense que c'est possible. Attendez, je vais demander.

Elle prit un appareil posé sur son bureau, et composa un très long numéro. Au bout d'un moment, elle dit :

— Les botanistes ont dit oui, mais par contre, ils vous accueilleront demain. J'imagine que vous habitez loin. Nous avons quelques chambres libres à l'étage, voulez-vous qu'on vous héberge ?

— Oui, volontiers, dit Annabelle. C'est très gentil.

*

*   *

C'est ainsi qu'Annabelle, aidée de Véra, passa deux jours aux laboratoires à concocter toutes sortes de potion. Elles utilisèrent toutes sortes d'ingrédients ; des fleurs de siacacca, des pattes de grenouilles, du bicarbonate de soude, du nitrate de sodium, du romarin, du poisson (pour le goût) ; elles essayèrent même de mettre de la crotte de mammouth (ça ne donne pas très envie). Après quelques explosions, renversements, ou accidents, Annabelle et Véra remercièrent leurs hôtes et retournèrent, les bras chargés de diverses potions, voir leurs compagnons aux falaises du Zar.

42. À la recherche de la princesse

La crème pistache des macarons était tellement onctueuse que Paolo ferma les yeux un instant pour savourer son plaisir. Décidément, ce n'était pas pour rien que les nouveaux salons de thé Ladurée faisaient fureur à Paris. Ces pâtisseries lui rappelaient les amarettis que les colporteurs italiens vendaient dans sa Provence natale. Quant à Armand, il admirait d'un air perdu les lourds rideaux brodés, assortis à la porcelaine dans laquelle ils buvaient leur thé. Perdus, ils l'étaient, et Paolo ne savait comment aborder leur enquête pour retrouver la princesse Sala Machacha dans une ville aussi grande que Paris. Par où commencer ? C'est avec cette question en tête qu'ils s'étaient dit qu'ils allaient d'abord regagner des forces en se réconfortant de quelques douceurs. La Maison Ladurée les avait tentés immédiatement, et ils s'étaient retrouvés dans ces salons où les dames chics se réunissaient afin de se raconter les dernières histoires de la bonne société. C'est ainsi que Paolo entendit une conversation à la table voisine :

« … Mais je vous assure ! Une princesse ! Elle a fait déballer à la Maison Doucet toute sa nouvelle collection et est repartie avec quelque chose de très raffiné ! Ce qu'elle était jolie ! Cela se voyait qu'elle était de lignée royale… »

En entendant ces mots, Paolo se figea. Serait-ce possible que ce soit leur princesse ? Et avec toute la grâce d'un Saint-Cômien, il se leva d'un bond et fit tomber sa chaise en arrière.

Salon de thé Ladurée

148

— Veuillez m'excuser, Madame, d'avoir malencontreusement écouté votre conversation, mais savez-vous de quel pays venait cette princesse ?

— Mmmh, non. Je ne l'ai pas retenu. Ce qui est sûr c'est qu'elle n'était pas de chez nous. Il a été question d'une coiffe traditionnelle ornée de plumes, vous voyez, ce genre de sauvagerie… dit-elle en gloussant.

Se rendant compte qu'Armand avisait son extravagant chapeau plumé, elle se reprit et répondit plus sèchement :

— Tout ce que je peux vous dire c'est qu'elle avait assez d'argent pour faire le tour des grandes maisons de couture de Paris.

Paolo remercia poliment la dame, paya rapidement, agrippa solidement Armand par le bras et l'entraina prestement à sa suite dans la rue. S'en suivit alors le tour des maisons de couture parisiennes. De la Maison Doucet, on les envoya à la Maison Worth, puis à la maison Gagelin en passant par le Bon Marché à la poursuite de Sala Machacha.

Leur périple à travers Paris les amena finalement au Grand Hôtel à côté de l'opéra. Ils pénétrèrent dans le hall et se dirigèrent vers la réception pour demander si la princesse Sala Machacha était actuellement dans sa suite quand ils virent descendre de l'escalier de droite une très belle jeune fille dans une robe empire de velours violine. Armand et Paolo se déplacèrent vers le bas de l'escalier pour mieux la regarder descendre. C'est à ce moment-là que son escarpin, son châle, sa

Sala Machacha

traine : personne ne vit vraiment ce qu'il se passa, mais Sala Machacha trébucha, tomba et atterrit dans les bras de Paolo.

Celui-ci qui était d'habitude si sûr de lui et bavard resta pendant plus de dix secondes à contempler la princesse dans les yeux. Armand, qui sortit de son hébétude, se reprit plus vite que Paolo et dit à la princesse :

— Vous êtes-vous brisé quelque chose ?

— Je vais bien, merci de m'avoir secouru messieurs. Messieurs ?

— Je m'appelle Armand Vaubecourt, et je suis capitaine, enfin j'étais, enfin c'est ce qu'on m'a dit. Et voici monsieur Figg, c'est bien Paul votre prénom ?

Paolo revint alors de son émerveillement et rectifia :

— Paolo, Paolo Figg. Je suis enchanté princesse de pouvoir enfin faire votre connaissance, je comprends en vous voyant que vous soyez indispensable pour votre père, qui nous a chargés de vous retrouver, et si vous nous permettez de vous inviter à dîner, nous pourrions tout vous expliquer.

Au cours de ce dîner, Paolo se montra convaincant, charmant et irrésistible à tel point qu'à la fin du dîner Sala Machacha était sûre de deux choses : elle avait hâte de rentrer au Bizarristan et elle voulait que Paolo vienne avec elle.

Bob

43. Le retour

Bob leur confirma qu'il pourrait les aider.

Leur plan était simple… tout en étant un peu compliqué. Il consistait à installer une échelle sur la façade de la résidence de M. Dupont, à monter jusqu'à sa fenêtre, à la casser et à rentrer dans son appartement. Ensuite grâce à l'aide de Bob, ils remettraient une vitre neuve, comme cela personne ne remarquerait qu'ils étaient passés par là. Puis ils traverseraient le trou de ver pour rentrer au Bizarristan. Bob était quelqu'un de spécial qui avait toujours une idée en tête pour aider quelqu'un. Sala Machacha l'avait rencontré dans un salon de couture : il proposait à tout le monde son nouveau modèle de chapeau, le bob. Cet Américain était un ancien vitrier, reconverti dans la confection des chapeaux. Notre petit groupe était venu le voir lui expliquant son plan pour lui demander de les aider. Sala Machacha s'était lancée dans une grande conversation avec Bob. Un quart d'heure après, Bob lui confia son échelle fétiche en bois de cerisier et une vitre.

« Bon courage, j'espère que vous arriverez au Bizarristan bientôt ! J'ai hâte de vous revoir et de vous montrer mes nouveaux modèles de bob ! »

Arrivés dans la petite ruelle qui bordait l'immeuble de Georges Dupont, ils guettèrent le moment où celui-ci franchit la porte de sa résidence pour aller on ne sait où et on ne le saura jamais, même si l'on se doutait qu'il s'agissait d'une réunion secrète avec son organisation tout aussi secrète. Le plan se déroula donc comme prévu et ils se retrouvèrent dans la bibliothèque de Georges Dupont.

À la vue de ces rayonnages qui occupaient la salle du sol au plafond, ils restèrent quelques instants immobiles, se demandant comment ils allaient pouvoir déterminer l'endroit exact du trou de ver en direction du Bizarristan. Enfin, plus précisément Paolo et Sala se le demandèrent, car Armand n'avait pas encore bien intégré cette histoire saugrenue comme quoi il était capitaine d'ambassade dans un pays lointain. Néanmoins, ce fut lui qui, après quelques déambulations, vit un épais livre, avec des illustrations enfantines, tombé au sol, et se souvint que ce même livre était par terre devant lui au moment où il s'était retrouvé dans cette pièce la première fois. Il en fit part à ses compagnons, et Sala Machacha supposa que c'était sur le mur derrière son emplacement initial qu'on accédait au trou de ver. Un livre sur le sol ne dénotait pas dans cette bibliothèque, où des piles d'ouvrages à hauteur d'homme s'élevaient de part en part et où des dizaines de livres étaient ouverts les uns sur les autres sur le bureau de Georges Dupont. Ainsi et fort heureusement, celui-ci n'avait pas pris le temps de remettre à sa place « Les contes de Ma-mère-le-Dindon », sans quoi ils auraient pu chercher longuement parmi les milliers d'ouvrages le passage vers les falaises du Zar.

Ils s'apprêtaient donc à glisser leur main dans l'espace laissé par le livre sur l'étagère et à se laisser aspirer, quand Paolo intervint :

— Je viens de me souvenir de quelque chose à la vue de ce bouquin. Je dois retourner à Saint-Côme.

Il montra du doigt un livre intitulé « Anthologie et pathologie des parieurs ».

— J'ai parié avec mon ami Jean que le Bizarristan existait, et j'ai gagné. Il faut que j'aille le lui dire.

— Mais... nous venons à peine de nous rencontrer ! dit la princesse, ne cachant pas sa déception. Et vous vous êtes engagés à me ramener auprès de mon père.

— Je vous ai retrouvée, et rien ne me rend plus heureux que cela. Si ce n'est l'idée que je vous retrouverai à nouveau. Car une fois mon pari gagné, je compte bien me rendre à nouveau au Bizarristan, et m'y établir définitivement.

— Si je ne puis vous convaincre, au moins dites-moi quand vous reverrai-je ?

— Avec le décalage temporel du Bizarristan, vous me verrez très bientôt — pour vous. De mon côté, le temps sera plus long, car je dois attendre d'être parti pour revenir, voyez-vous ? Le Paolo qui n'a pas encore eu la chance d'être allé au Bizarristan et le bonheur de vous connaître n'a même pas encore fait son pari avec Jean. Je ne peux donc pas immédiatement aller annoncer que j'ai gagné à un René qui ne saura pas à quoi je fais référence, sans quoi je risque de tout perturber. Je vais attendre et je reprendrai ensuite le train qui me ramènera en avance de 19 jours : je serai patient, mais vous, vous ne verrez pas le temps passer.

La capitaine intervint :

— Princesse, vous êtes entre de bonnes mains. Je ne me souviens plus de tout, mais ma condition physique et mes réflexes sont intacts. Je vous ramène à votre père.

44. Le pari

Paolo avait ainsi un peu de temps à passer à Paris. Il était très impressionné par tous ces chevaux et ces immeubles immenses. Il alla prendre une chambre à l'hôtel du Lion parisien. Le premier jour, il prit un fiacre pour visiter Paris. Il dit au cocher de s'arrêter à Montmartre. Il était très épuisé et, après avoir monté tous les escaliers, il vit une pancarte où était écrit :

« Travaux du Sacré-Cœur, interdit au public ».

Énervé, il redescendit tous les escaliers. Le lendemain, il décida d'aller au Louvre, le majestueux et fabuleux musée. Paolo trouvait cet endroit incroyable. Il vit des momies, la Joconde et plein de magnifiques œuvres d'art. Paolo avait passé une très bonne journée. Le lendemain matin, il alla voir l'Arc de Triomphe. Tout en haut, il avait une belle vue sur Paris.

Le dernier jour, il alla prendre un bateau-mouche. Il arriva à l'île de la Cité et alla voir Notre-Dame qu'il trouva très grande. Le soir, il alla dîner au célèbre restaurant Maxim's. Il trouva ce restaurant très chic et la cuisine très bonne.

Le matin, il partit à la gare de Lyon et là-bas il y avait plein de monde.

Le voyage fut long et ennuyeux, mais Paolo était bientôt arrivé. Une fois à Saint-Cyr Les Lecques La Cadière, il alla chez lui à Saint-Côme pour déposer ses affaires. Ensuite, il alla voir son ami Jean De Nouilleurk pour dîner avec lui.

Une fois chez Jean, il lui raconta le Bizarristan :

— Bonjour !

— Bonjour, alors c'était bien le Bizarristan ?

— Oui, là-bas, j'ai rencontré Annabelle Boissière, Georges Dupont, Véra Smyrnova, Timothée Balivet, Gustave Magousse…

— Tu as fait de belles rencontres !

— Et aussi, au Bizarristan, leurs coutumes étaiten bizarres !

— Alors, raconte-moi un peu ?

— Eh bien tous les mots de leur langue ressemblent au français, mais avec trois Z à la fin.

— Et qu'est-ce qu'ils mangent et quand est-ce qu'ils mangent ?

— Du dindon et des courgettes à 12h 67 min et 23 s précisément.

— Moi, je n'aime pas les courgettes. Ils doivent vraiment s'ennuyer là-bas…

— Non, ils jouent aux Aventuriers du rail. Et, je ne te dis pas leur religion : ils ont plein de dieux différents et beaucoup de fêtes bizarres comme la compétition des plus beaux habits cousus main…

— Qui est leur chef ?

— C'est le Grand Chef à Plumes et sa fille, la princesse Sala Machacha.

Jean n'en croyait pas ses oreilles !

— IN-CROY-ABLE ! Tu as gagné ton pari !

SAINT-CYR-sur-MER (Var) - La Gare

Edit Carrière, Saint-Cyr

La gare de Saint-Cyr, Les Lecques, La Cadière

45. La potion

Cela faisait trois jours qu'Annabelle et Véra étaient parties des falaises du Zar. Annabelle disait que plus tôt elles seraient revenues, mieux ce serait. Elle était inquiète pour Armand, malgré ses connaissances en médecine, elle n'avait jamais vu une amnésie se produire de telle sorte, peut-être y avait-il des effets secondaires? À peine avait-elle commencé à connaître Armand que celui-ci perdait la mémoire. Malgré cela, Annabelle était une femme forte, elle cachait sa fatigue et son inquiétude pour laisser place à la persévérance. Véra avait deviné les préoccupations de son amie et lui proposa donc d'emprunter un char à dindon pour raccourcir le voyage, mais après réflexion, elles changèrent d'avis pour éviter les mêmes incidents que la dernière fois… Après quelques instants, une décision fut prise, elles se rendirent à la station de Joiseaux en communzzz (point culture : ce moyen de transport est très répandu au Bizzaristan. Chacun des oiseaux possède un très beau plumage aux multiples couleurs et une envergure d'environ cinq mètres. Il peut atteindre une vitesse de quarante kilomètres par heure avec quatre passagers sur le dos, sa capacité maximale. Nous en avons d'ailleurs déjà parlé dans ce récit, notamment pour la traversée du canyon de la Jmortzzz).

Après quelques heures de vol, l'oiseau se posa enfin.

— Mesdames, mesdemoiselles et messieurs, nous sommes arrivés à destination, la température extérieure est d'environ

17 °C avec un grand soleil. Merci d'avoir choisi la compagnie Airbizarristan, nous vous souhaitons un agréable séjour.

Gustave aida les demoiselles à descendre de l'oiseau imposant qui s'envola d'un battement d'ailes et Timothée prit délicatement les potions aux couleurs étranges et fluorescentes.

— Faites attention à la petite fiole, si elle se casse, cela pourrait exploser…

Timothée avala sa salive.

— Je ferai attention…

Il les disposa par terre sur un tapis de mousse, puis en levant la tête, il aperçut une main, puis tout un bras, une jambe et enfin Armand tout entier accompagné de la tant attendue princesse Sala Machacha. Ils semblaient sortir d'un tourbillon aux couleurs légèrement turquoise au loin, qui disparut aussitôt.

— Bonjour à tous, je suis de retour avec la princesse que votre ami… comment s'appelle-t-il… Paul ?

— Paolo, rectifia George.

— Voilà, Paolo m'a chargé de la ramener.

Tous firent une révérence.

Annabelle reprit :

— Bonjour votre Majesté, je m'appelle Annabelle, voici Gustave, Georges, Véra et Timothée. Votre père, le Grand Chef à Plumes nous a chargés de vous retrouver.

Une discussion s'engagea.

162

Pendant ce temps-là, Annabelle prit Armand par la main. Armand était encore totalement inconscient de la situation et il se contentait de se prêter au jeu, comme l'aurait fait un enfant.

— Vous devez avoir soif après ce long voyage, je vous ai préparé quelques rafraîchissements.

— Il ne fallait pas, c'est très aimable à vous, j'imagine que ces textures viennent de votre étrange pays.

Il les but une par une, devant ses compagnons qui le fixaient tous avec un regard inquiet.

— Délicieux, s'exclama-t-il !

— Ne vous souvenez-vous donc point de rien ? dit Annabelle.

— Ne ressentez-vous donc rien d'étrange ? dit Timothée.

— D'anormal ? poursuivit Véra.

— Peut-être faut-il attendre ? Les effets ne sont peut-être pas directs.

— Naturellement, ce serait raisonnable, conclut Georges.

Le silence s'était installé depuis déjà quelque temps quand des cris vinrent le troubler. Chunlz qui s'était éclipsé après avoir déclaré qu'il avait eu un creux revint en courant. Il poussait des cris aigus et étranglés et courait de façon maladroite, il semblait avoir regardé la mort dans les yeux. Quand il arriva à la hauteur de ses compagnons, il ne leur adressa point la parole, il se précipita sur une fiole contenant un liquide quasi transparent, semblable à de l'eau, et la vida en quelques gorgées.

Après s'être calmé, il leur expliqua avoir mangé malencontreusement quelques baies rouges qu'il avait confondues avec des framboises des bois, ces baies rouges sont courantes au Bizarristan, seulement, elles sont extrêmement épicées.

— ah ah AH

— Tous aux abris !

— TCHOUM !

Les compagnons de Chunlz s'étaient cachés de leurs mieux derrière un rocher ou un petit arbuste, mais ils se trouvaient sur la langue de terre et les refuges étaient rares.

— Que se passe-t-il les amis ? s'exclama Chunlz à la surprise de tous.

Ils sortirent de leur cachette et se retournèrent pour ceux qui avaient pris la fuite. Il semblait que la potion qui n'avait eu aucun effet sur Armand eut guéri Chunlz, il ne devenait plus un bandit cruel et sanguinaire sur un éternuement.

46. Quelques tours de plus

Gustave avait longuement réfléchi en attendant le retour de ses amis avec la princesse. Il savait qu'il ne lui restait plus que deux tours de télépazzzie, et il se devait, pour ses compagnons et en mémoire de son grand-père, de les utiliser de la manière la plus sensée possible. Il s'était enfin décidé et déclara à Chunlz, sans craindre un coup de poing en guise de réponse, qu'il serait très heureux de revoir son grand-père s'il acceptait de le déranger à nouveau.

Chunlz sourit et répondit :

— Je savais que vous me le demanderiez… je l'ai déjà appelé, il devrait arriver d'une minute à l'autre, si je ne l'ai pas de nouveau dérangé au milieu d'une partie d'Aventuriers du rail…

— Et encore une fois, personne ne fait attention à ma présence, grogna la voix désormais connue de tous du grand-père de Chunlz. Mais souffle à la fin, que je puisse vous voir !

Avec la même fougue que la précédente fois, Chunlz souffla un peu partout jusqu'à voir apparaître une oreille, puis termina son travail en faisant apparaître le reste du vieil homme.

— Que me vaut ce nouveau plaisir ? dit-il en tournant son regard d'yeux toujours aussi fermés à Gustave.

— Cher Monsieur, je tiens à m'excuser d'avance de ce que je vais faire qui est certainement un abus de pouvoir (sans mauvais jeu de mots), mais il en va de la santé d'un homme.

Le vieux monsieur eut à peine le temps de prendre un air étonné, ne comprenant pas de quoi il parlait. Mais aussitôt, Gustave, qui avait une excellente mémoire — qualité indispensable aux illusionnistes — brandit sa baguette, la pointa vers le front de sa cible en respectant le fameux angle de 87 degrés, pensa à la formule et prononça les mots suivants :

— Aussitôt que j'aurais abaissé cette baguette, Armand aura recouvré la mémoire, car vous êtes le plus puissant magicien que je connaisse et je suis certain que vous pouvez guérir cet homme.

Le vieil homme sembla rougir entre ses rides. Gustave réfléchit très rapidement puis ajouta aussitôt :

— Par ailleurs ce tour de télépazzzie étant sans doute le tour le plus incroyable et le plus utile, sa contrainte d'utilisation sur ma baguette doit absolument être étendue de manière illimitée tant qu'elle n'atteint pas l'intégrité de la personne sur laquelle je l'exerce.

Il avait prononcé ces paroles dans un souffle, sans reprendre sa respiration. Il baissa enfin sa baguette, essoufflé comme s'il avait couru un sprint, en continuant à soutenir le non-regard du vieil homme. Ce dernier, après quelques secondes, se mit à sourire doucement. Il répondit enfin « Tu es un malin toi ! » puis reproduisit son inimitable clignement d'œil fermé.

166

Au même moment, Armand se jeta aux pieds d'Annabelle en s'écriant dans un souffle, comme après une longue attente : « Annabelle, je vous aime ! »

Annabelle rougit, et contrairement au vieil homme, sur ses jolies joues pâles et lisses, le rougissement ne passait pas inaperçu.

Avant de quitter les lieux, le grand-père de Chunlz s'adressa une dernière fois à Gustave :

— Il va rester un peu ivre de son amnésie quelques heures, mais ça ne durera pas, ne vous inquiétez pas. Quant à toi Gustave, tu as fait preuve d'une grande intelligence pour l'utilisation de ton dernier tour, et d'une grande sagesse en t'imposant toi-même une limite. Je suis content de t'avoir offert ce tour, fais-en bon usage. Tu vas faire fureur à Paris. Et maintenant, je vous laisse pour de bon, je suis invité pour l'apéro. Allez, aide-moi, face de limace, dit-il cette fois à l'adresse de Chunlz en retrouvant son langage favori, que j'y retourne vite !

Chunlz l'aida à disparaître en lui soufflant dessus, et le vieux fut parti.

47. Le retour

Entendez-vous ce bruit ? dit Annabelle.

Tous firent silence.

— Comment voulez-vous que nous entendions quoique ce soit avec le vacarme que font les chutes d'eau ! dit Chunlz, du tac au tac et sans éternuer ce qui le laissa sans voix. Il se tut alors et tendit l'oreille.

C'était une évidence pour Annabelle, il y avait une rumeur nouvelle, une fréquence inhabituelle, un rythme anormal dans ce qu'elle était, semble-t-il, la seule à entendre.

Un cône de lumière jaillit du ciel et son faisceau balaya les falaises. Quand il atteignit la grotte, nos amis furent aveuglés un instant, puis recouvrèrent la vue quand le faisceau s'éteignit.

Un vaisseau, mi-bateau, mi-objet volant, doté de grandes hélices sur le dessus et de flotteurs sur le dessous apparut sur la rive.

L'étendard du Grand chef à Plumes flottait fièrement à l'extrémité du mât de beaupré.

— C'est Père qui vient nous chercher, s'écria la princesse.

Une échelle articulée se déploya. Le dernier échelon atteignit le bord de la grotte et s'y posa délicatement.

Quand Sala y posa un pied, une musique retentit. C'était l'hymne du Bizzaristan. Un Gramophone s'était mis en marche sous l'effet de la pression exercée sur la première marche. Annabelle s'exclama avec admiration qu'elle n'avait encore jamais été confrontée à un tel déploiement de techniques.

Avant de partir, nos amis décidèrent de murer le dernier trou de ver. Comment faire ? Une formule magique comme « Sésame ferme-toi » ce n'est que dans les contes des Mille et une Nuits que cela fonctionne ! Mais c'était sans compter sur Véra et sa boule magique qui, au contact des trous de ver, semblait avoir acquis de nouveaux pouvoirs. Elle imposa les mains, elle vit une grosse pierre. Celle-ci se mit à rouler et en s'encastrant sur les bords du trou en boucha l'orifice avec précision.

Une fois toute la troupe installée dans le vaisseau, ce dernier décolla lentement. Aucun pilote, aucun capitaine ne se trouvait à bord, cependant le véhicule vogua instantanément jusqu'à Bazarbizar.

Les événements étaient extraordinaires pour nos amis, mais encore plus extraordinaire fut de trouver Paolo au Palais en grande conversation avec le Grand Chef à Plumes.

48. Épilogue

Paolo dut expliquer son périple à ses camarades :

— Après avoir visité Paris et retrouvé mon ami Jean à Saint-Côme, j'ai repris un train pour Bazarbizar. Mais, étant donné le décalage de 19 jours avec la France, j'y suis revenu avant vous.

— Mais cela fait à peine quelques jours que nous nous sommes quittés à Paris, dit Armand qui avait pleinement retrouvé la mémoire.

— Oui, et pendant ce temps-là, j'étais déjà revenu ici, ajouta Paolo.

— Mais alors, vous étiez deux Paolo ? demanda la princesse.

— Oui, mais pas au même endroit. En tout cas, vous constatez que j'ai tenu ma promesse, je suis revenu.

— Décidément, je ne comprends rien à toutes ces histoires de décalage temporel, dit Véra.

— Ce n'est pas grave, intervint Georges. Maintenant que nous avons bouché les trous de ver, cela ne se reproduira plus…

— Et de quoi parliez-vous avec mon père, demanda Sala à Paolo ?

Le Grand Chef à Plumes intervint alors et s'adressa à sa fille :

— Ma chère fille, je m'entretenais avec ce jeune homme d'une affaire qui te concerne. Figure-toi qu'il est revenu au Bizarristan dans l'unique but de me demander ta main. Je lui ai répondu

Le banquet de mariage

172

que, ma foi, ce pays n'est plus à une bizarrerie près et que la décision finale te revient.

Le visage de Sala Machacha s'empourpra et elle se jeta dans les bras de Paolo.

Le mois suivant, le Palais célébrait un double mariage, celui de Paolo Figg et de la princesse et celui d'Armand de Vaubecourt avec Annabelle Boissière. Il fallait effectivement attendre un peu pour que tous les invités puissent être présents compte tenu du décalage temporel. Outre les invités locaux, comme Chunlz et François Dunavirre, il y avait bien sûr la mère d'Armand, accompagnée de Madame Hussenot, Jean De Nouilleurk et même Bob, qui offrit des chapeaux à toute la noce. Armand portait le grand uniforme du corps diplomatique et Paolo avait tenu à revêtir le traditionnel costume à plumes. Les robes des mariées avaient été dessinées par la princesse elle-même.

Le banquet dura exactement 27 h 18 min et 34 s, selon la tradition bizarristanaise et nécessita la participation active de quatre cent soixante-treize dindons.

Après quelques jours nécessaires à la digestion, Véra, Gustave et Timothée prirent ensemble le train pour l'Europe, via Istanbul. Timothée veillait soigneusement sur ses plaques photographiques et songeait au reportage extraordinaire qu'il allait proposer au petit XIXe. Véra pensait à la carrière qu'allait lui offrir sa boule de cristal activée par l'énergie des trous de ver. Et Gustave préparait déjà mentalement les tours qu'il

Les robes de mariées

pourrait présenter avec sa baguette magique aux nouveaux pouvoirs. Il s'était assis du bon côté de Véra et trouvait beaucoup de charmes à son profil. « Et pourquoi pas un spectacle en commun ? » songeait-il en se demandant s'il oserait le lui proposer. Mais il se dit qu'avec sa baguette magique munie de la télépazzzie, elle serait forcément d'accord avec lui.

Bien entendu, les deux nouveaux couples étaient restés s'établir au Bizarristan. Paolo avait reçu le titre, purement honorifique, de Prince-dindon. Sala Machacha envisageait d'ouvrir une maison de couture « à la parisienne » et préparait sa première collection. Annabelle allait poursuivre ses recherches sur l'élixir de longue vie. Quant à Armand, le Grand Chef à Plumes, qui était fatigué de gouverner tout seul, l'avait nommé Premier ministre.

Mais Georges Dupont aussi était resté au Bizarristan, au moins provisoirement. En effet, il avait reçu une dépêche de l'ADECE lui demandant de s'atteler avec François Dunavirre à une nouvelle mission : supprimer le décalage temporel entre le Bizarristan et le reste du monde. Il se demandait bien par où commencer[1].

FIN

---

[1] Y parviendra-t-il ? Vous le saurez en lisant le tome 2 du Voyage au Bizarristan : « Les paradoxes du désert ». (à paraître prochainement aux Éditions de l'Ornithorynque)

Index des auteurs du roman

Coordination, cohérence scénaristique et souci du détail : Julie et Pierre Fiastre.

Index des auteurs des illustrations et des photographies